大家講堂

學術・民國選書

胡適 建設的文學革命論

胡適／著

五南圖書出版公司 印行

學識之法門・智慧之淵藪

——序五南「大家講堂」

曾永義

五南圖書陸續推出一套叢書叫「大家講堂」。這裡的「大家」，固然不是舊時指稱高門貴族的「大戶人家」，也不是用來尊稱漢代才女班昭「曹大家」的「大家」；但也包含兩層意義：一是指學藝專精，歷久彌著，影響廣遠的人物，如古之「唐宋八大家」，今之文學、史學、藝術、科學、哲學等等之「大家」或「大師」；二是泛指衆人，有如「大夥兒」。而這裡的「講堂」，雖然還是一般「講學廳堂」的意思，只是它已改變了實質的形式，既沒有講席，也沒有聽席；因爲這講席上的大師已經化身在書本之中，只要你打開書本，大師馬上就浮現在你眼前，對你循循善誘；而你自然的也好像坐在聽席上，悠悠然受其教誨一般。於是這樣的講堂，便可以隨著你無遠弗屆，無時不達。只要你有心向學，便可以隨時隨地學習，受益無量。而由於這樣的「講學廳堂」是由諸多各界大師所主持的講席，是大夥兒都可以入坐的聽席，所以是名副其實的「大家講堂」。

長年以來，我對於五南出版公司創辦人兼發行人楊榮川先生甚爲佩服。他行年已及耄耋，猶以學術文化出版界老兵自居，認爲傳播知識、提升文化是他矢志的天職。他憂慮網路資訊，擾亂人心，佔據人們學識、智慧、性靈的生活。使往日書香繚繞的社會，呈現一片紛亂擾攘的空虛。於是他親自策畫「經典名著文庫」，聘請三十位學界菁英擔任評議，自民國一〇七年，迄今已出版一一〇種。他卻發現所收錄之經典大多數係屬西方，作爲五千年的文化中國，卻只有孔孟老莊哲學十數種而已，實屬缺憾，爲此他油然又興起淑世之心，要廣設「大家講堂」，再度興起人們「閱讀大師」的脾胃，進而品會大師優異學識的法門，探索大師智慧的無盡藏。潛移默化的，砥礪切磋的，再度鮮活我們國民的品質，弘揚我們文化的光輝。

我也非常了解何以榮川先生要策畫推出「大家講堂」來遂他淑世之心的動機和緣故。我們都知道，被公認的大家或大師，必是文化耆宿、學術碩彥。他們著作中的見解，必是薈萃自己畢生的眞知卓見，或言人所未嘗言，或發人所未嘗發；任何人只要沾溉其餘瀝，便有如醍醐灌頂，頓時了悟；而何況含茹其英華！或謂大師博學深奧，非凡夫俗子所能領略，又如何能夠沾其餘瀝、茹其英華？是又不然，凡稱大家大師者，必先有其艱辛之學術歷程，而爲創發之學說，而爲建構之律則；但大師之學養必能將其象牙塔之成果，融會貫通，轉化爲大衆能了解明白之語言例證，使人如坐春風，趣味橫生。

譬如王國維對於戲曲，先剖析其構成為九個單元，逐一深入探討，再綜合菁華要義，結撰為人人能閱讀的《宋元戲曲史》，使戲曲從此跨詩詞之地位而躐之，躋入大學與學術殿堂。魯迅和鄭振鐸也一樣，分別就小說和俗文學作全面的觀照和個別的鑽研，從而條貫其縱剖面、組織其橫剖面，成就其《中國小說史略》、《中國俗文學史》，使古來中國之所謂「文學」，頓開廣度和活色。又如胡適先生《中國古代哲學史大綱》，誠如蔡元培在為他寫的〈序〉中所言，他能夠先解決先秦諸子材料眞僞的問題。又能依傍西洋人哲學史梳理統緒的形式；因而在他的書裡，才能呈現出「證明的方法」、「扼要的手段」、「平等的眼光」、「系統的研究」等四種特長，要言不繁的導引我們進入中國古代哲學的苑囿，聆賞先秦諸子的大智大慧。

也因此榮川先生的「大家講堂」一方面要彌補其「經典名著文庫」的不足，便以收錄一九四九年以前國學大師之著作為主。凡其核心之學術代表著作，既為畢生研究之精粹，固在收錄之列；而其具有普世之意義與價值，經由大師將其精粹轉化為深入淺出之篇章者，其實更切合「大家講堂」之名實與要義，尤為本叢書所要訪求。

記得我在上世紀八〇年代，也已經感受到「學術通俗化、反哺社會」的意義和重要，曾以此為題，在《聯副》著文發表，並且身體力行，將自己在戲曲研究之心得，轉化其形式而為文建會製作之「民間劇場」，使之再現宋元「瓦舍勾欄」之樣貌，並據此規畫「民俗技藝園」（今之宜蘭傳統藝術中心），作為維護薪傳民俗技藝之場所，並藉由展演帶動社會及各級學校重視民俗技藝之熱潮，乃又進一步以「民俗技藝」作文化輸出，巡迴演出於歐美亞非中美澳洲列國，可以說是一個很成功的例證。近年我的摯友許進雄教授，他是世界甲骨學名家，其學術根柢之深厚、成就之豐碩無須多言，他同樣體悟到有如「大家講堂」的旨趣；乃以通俗的筆墨，寫出了《字字有來頭》七冊和《漢字與文物的故事》四冊，頓時成爲兩岸極暢銷之書。其《字字有來頭》還要出版韓文翻譯本。

已經逐步推出的「大家講堂」，主編蘇美嬌小姐說，爲了考量叢書在中華學識和文化上的意義和價值，因此其出版範圍先以「國學」，亦即以中國文史哲爲限。而以作者逝世超過三十年以上之著作爲優先。而在這裡我要強調的是：「大家」或「大師」的鑑定務須謹嚴；其著作最好是多方訪求，融會學術菁華再予以通俗化的篇章。如此才能眞正而容易的使「大家」或「大師」在他主持的「大家講堂」上，如「隨風潛入夜，潤物細無聲」的春雨那樣，普遍的使得那熱愛而追求學識的一大夥人，都能領略其要義而津津有味。而那一大夥人也像蜜蜂經歷繁花香蕊一般，細細的成就，釀成自家學識法門的蜜汁；而久而久之，許許多多大家或大師的智慧，也將由於那一大夥人不斷的探索汲取，而使之個個成就爲一己的智慧淵藪。我想這應當更合乎策畫出版「大家講堂」的遠猷鴻圖。

榮川先生同時還策畫出版「古釋今繹系列」和「中華文化素養書」做爲「大家講堂」的姐妹編，爲此使我更加感佩他堅守做爲「出版界老兵」的淑世之心。

序於台北森觀寓所

二〇二〇年元月二十九日晨

學識與膽識下的創想新聲與歧見異調

——序胡適〈建設的文學革命論〉

清華大學華文文學所教授 黃雅莉

學術不僅是高山豐碑林立之地，且更應是一條路，從過去一路行來、還要向未來走去。民國百年來的中國學術史是一個名家輩出的時代，先後出現了幾位學問淵博、著作豐沛、見識領先的名家，爲文學史開創了新頁，成爲引領風騷的旗幟。他們以文化、哲學的參悟爲底蘊，以感性、悟性爲其學術涵養，對歷史、現實、世態人心，以及人類的生存困惑進行深刻的洞察。這些富有思辨精神的經典，展現了知識份子對文化、時代承擔的一份使命、一種責任。

從一九一五年《青年雜志》問世到一九二三年，這段時間是中國學術從傳統向現代轉變的重要關鍵，古與今、新與舊、中與西的衝突表現得尤其突出，在這段波瀾壯闊的歷史長河中，李大釗、陳獨秀、蔡元培、胡適、魯迅、周作人等一位位文化大師和一個個理想飛揚的熱血青年演繹出的一段充滿理想、燃燒青春的澎湃歲月，形成了文學史上影響後世深遠的「新文化運動」，它在傳統與開新的兩極張力中發展，不論是同聲相和，或異音相從，新文化運動中的每一位學者大儒的行止，每一場激昂發越的對話，皆能把理想、思考和文學藝術，張揚到令人動容的地步，呈現了那一代中國人的精神跫音。

得慢，但是常常變得很徹底。文學史每出現一個文學現象，總是有其產生的社會原因，有其發展的內部規律，它是由歷史結構所準備的必然現象。五四新文學運動在中國現代文學史上是一個劃時代的里程碑，它確立了一種對傳統反叛的新文學觀。文學史上每一次的革新運動，基本上都是和時代的變化密切關聯。民國時期是一個否定舊有、接受新知的時代，也是一個將人的創造力張揚到淋漓盡致的時代。在這個新舊思想交鋒的特殊時期，學術界在對待國學的態度上也常常流露出否定與認可兼具的複雜性和多變性。被稱爲新文化運動主將的胡適他的《建設的文學革命論》一書也恰好印證了這一時代精神。這本書正是胡適在當時學術文化界影響力的見證，透過這扇窗，可以放眼捕捉到當時五四新文化的歷史風光，從而起到振葉尋根、思古想今的傳播、傳承作用。

在文學史上，凡是承擔起革新運動重任的人必須具有開創的眼光，也需要有開創的才氣和勇氣，胡適承接晚清「詩界革命」反對擬古、推崇白話的餘緒，與陳獨秀等人共同揭開了五四新文化運動序幕。胡適文學革命思想發軔於留美期間與對西方文學作品的譯介過程中，他接受了西方實驗主義、進化論、現實主義等影響，逐漸產生文學革命的思想，在一九一七年發表了〈文學改良芻議〉、〈歷史的文學觀念論〉，一九一八年發表了〈建設的文學革命論〉等，在其中提出了白話語文觀、文學改良觀、文學進化觀等理論，並以《嘗試集》的創作來實踐其理論。

新文化運動是中國近代具有重大意義的歷史事件，而且是一個從發生當時就開始被傳頌、記憶和詮釋的特殊事件。鴉片戰爭以來中國社會的劇變是新文化運動興起的社會背景，清末民初中國文學的近代化是文學革命興起的直接原因，西學東漸是文學革命發生的外部條件，在中西碰撞、古今交替的時代背景下，富遠見卓識的中國文人們也開始意識到，古老的中國文明走到了生死存亡的時刻，求新應變是擺在面前的唯一出路。五四新文化運動張揚科學與民主兩面大旗，發揮了文化啓蒙的重大作用，它爲中國文學的現代化奠定了基礎。然而這個革命運動並非謀定而後動，而是在發展中逐步摸索成型。在其逐漸定型的過程中，本事與言說的糾纏，形成了錯雜紛繁的歧見，整體與個人的差異，形成頭緒紛紜的複調。史事本身的多姿多彩，導致了關於新文化運動的認知多樣化。其內部不同的聲音既各自獨立、又共同參與並形塑出一個更大的和聲。所以當我們在研讀新文化運動的學術史料時，必須要掌握幾個重點，包括：新文化運動產生的背景與原因、運動的實質內涵、參與運動群體之間的觀點異同與變化、運動的偏失與局限等。如此，我們便能突破以往對新文化運動的評斷只重「結果」不重「過程」的描述。如果從「過程」來看「結果」，便能深化我們對五四新文化運動發展的認識。

文學作爲一種人類的精神活動，始終都要以廣闊的社會生活爲舞臺。文學的發展和變化，文學的生命與活力，都源於文學活動和現實的聯繫。新文化運動就是時代文化的產物。我們可以從文學思潮、文學流派(群體)、文學變遷等幾方面來探討新文化運動的發生原委與意義。

文學思潮是在歷史發展的某一特定時期中，爲了因應時代和社會變動所需而在文學上形成的一種具有廣泛影響的思想潮流和文學運動，它是在文學流動變化的過程中，伴隨著文學的自覺而由特定的文學觀念、創作原則、文體風貌乃至評批評範式和理論架構匯合而成。新文學總是在顛覆舊文學的範本，新寫的文學史也同樣對先前文學史的桎梏與束縛進行嘗試性的突破。新的評價標準的出現也存在一定的必然性。

其次，在一定的文學思潮的指導和影響下，自然會有一批文學理論家、批評家總結文學發展的歷史經驗或教訓，適時地提出帶有創新性的文學見解、創作主張、批評理論，從而匯成一種富有「個性群聚」的文學群體，聚集著諸多相似相近的個性的力量，相對而立，相因而成，即使他們在見解上有所差異，在風格上有各自的個性，但畢竟都在不同程度上與時代思潮同頻共振，形成在對立中統一的辯證性與互相含納的統攝性。

綜合以上二點，是以閱讀胡適「建設的文學革命論」思想體系，雖然不離乎胡適個人的學識和膽識，但卻不能忽視群體之間的相互交流或激盪。不能忽略了陳獨秀對胡適的影響、周作人與胡適的不同見解，也不能忽略了被龍瑛宗讚譽爲「高舉五四火把回臺的先覺者」的臺灣新文學運動的奠基者張我軍。這就是在本書中，除了胡適的文本之外，編者還在「附錄」中保存著陳獨秀〈文學革命論〉、周作人〈人的文學〉、張我軍〈新文學運動的意義〉的用意。同時也在書末附上了「新文學運動簡表」，以見中華民國大陸時期和臺灣日治時期的對照。不僅讓讀者在對五四傳統的發生、發展的對照中更深刻地理解新文化運動的豐富內涵，也見證了同爲中華文化傳統一員的臺灣文學史也因爲新文化融入開啓了新的一章。我們可以透過一個作者或論者來觀看一個群體的文學觀、一個時代的文學思潮。透過對文學思潮、文學群體的綜合研究，將有助於人們更深入地解讀新文學運動的現象，而從總體把握文學史的流變和演進規律。

在新文化運動中，胡適以自己對中國文化現狀的不滿中形成的白話文革新的主張，並醞釀了他的魄力與衝決一切的勇氣。他的這種膽識，與清末嚴復與林紓對學術承繼性的堅持、陳獨秀的思想革命的主張、蔡元培相容並包的教育思想、魯迅的立人思想、周作人以人爲本的文藝思想、章士釗主張新舊調和的漸進型變革主張等等，形成相互成全或對立引爆的關係，他們在同中有異、異中求同之中共同促生了中國的新文化，共同譜寫五四文學創造的燦爛星空。五四時期參與文學革命的知識份子在改造社會的核心理念上達成了共識，但他們在文學革命與社會革命、文學爲人生與爲道德、啓蒙大衆還是融入大衆等關係的看法存在著認知的差異。這些多聲部的歧見，從正與反兩個方面作用於新文學，最終促成了五四新文化運動。讀者若能以「點」牽「線」，以「線」帶「面」，以胡適具體的文本閱讀爲核心，進而及於相關與外圍的作家、時代風潮與文學運動，既可對胡適的文學觀進行微觀探索，又可以從宏觀視野審視文學與社會的血肉聯繫，如此一來，閱讀的理解便能向深處挖掘，亦能向廣度挺進，提升爲一種群體化和整體性的掌握。

在文學思潮史上，一場文學運動的產生和發展往往得到了某一種或幾種思想理論的有力支撐。五四新文化運動經胡適、陳獨秀的醞釀發起再到其他革新派人士的參與捍衛，這當中始終有一條理論線貫穿其中，那就是在西學東漸背景下引進過來的進化論的文學史觀，對五四新文化運動的發展起到了指導和推動作用。後來在與保守派、復古派的鬥爭中又成了他們批駁對方的理論武器。胡適〈文學改良芻議〉說：

既明文學進化之理，然後可言吾所謂「不模仿古人」之說。今日之中國，當造今日之文學。不必模仿唐宋，亦不必模仿周秦也。

進化論的文學史觀認為一代有一代之文學，而後代的文學是前代的進化，因此，它必然優勝於前代文學。這種文學史觀最大的問題不是時間序列的問題，而是直線性的認定時代先後中必然具有優劣的比較判斷。它肯定現在和未來，卻對過去或傳統全然否定和反叛。實際上，生物進化論被引入社會科學，用以概括人類社會的發展是不科學的，用它作為基礎理論來論述中國文學的發展線索和運動規律同樣也是不適合的。「文學演進」與「生物進化」的規律並不相同，因為文學不同於一般事物形態，乃是具有藝術美感和價值意義的一種精神活動，其發展應有別於生物的演化過程。胡適對文學進化論的解釋是按自己的理解和需求提出的，不僅存在機械性和功利性的解讀，而且誤導了人們對文學發展的理解。

胡適立志為新世代創造新文學，將語言的革命作為首要任務：

我的「建設新文學論」的唯一宗旨只有十個大字：「國語的文學，文學的國語」。我們所提倡的文學革命，只是要替中國創造一種國語的文學。

胡適將「國語的文學」解釋爲用白話文創作的文學，以爲只要抓住「白話」這個新文化運動的總開關，就能創造一流的國語文學和標準化的國語。他沒有眞正認識到新舊文學的區別在於內涵精神，只是簡單的認爲新舊文學的區別就是文言文學與白話文學的區別。周作人意識到這個偏頗，開始思考新文化的思想建設，在一九一八年十二月發表〈人的文學〉，提出新文學的「新」，在於它所具有的民主、科學精神和反封建思想意義。文學應體現「工具性」與「人文性」的統一，胡適過於重視白話語言的工具適用性，卻忽略了文言文背後更爲重要的「人文性」，所以他對傳統文學是全然否定，他在〈建設的文學革命論〉說：

我曾仔細研究：中國這二千年何以沒有真有價值真有生命的「文言的文學」？我自己回答道：「這都因為這二千年的文人所做的文學都是死的，都是用已經死了的語言文字做的。死文字決不能產出活文學。所以中國這二千年只有些死文學，只有些沒有價值的死文學」。

白話的本質是一種現代語言。胡適對於白話文學的倡導是基於文化創造和新文學理想所跨出的一大步。伴隨著語言意識、價值取向的深刻裂變，經歷了語言、文學體制的重大調整，從此新文學從內部和外部從整體上實現了現代轉型，白話文學上升而爲現代文學。時運交移，質文代變，白話取代文言，這本是文學史的必然發展。然而，胡適斷然認定文言文學是死文學，白話文學才是活的文學、實用的文學，這樣的見解顯然是偏頗的。在古老的中國，以載道爲主的文言文學有著深厚的文化積累和輝煌悠久的歷史，如果作者對家國有關懷、對時代有理想，眞正形成了一種歷史觀、文學觀、世界觀、生命觀，在文中載道言志，論理說情，誠於中，發於外，便是佳篇好文。千百年來，這些載道的作家和作品已形成了中國文學的優良傳統，古今相通的人生意蘊就這樣異代同心地讓我們感知共鳴。但胡適完全否定傳統文學的價値，斷然認爲古代文學不及現代文學，現代必然超越古代。殊不知，每一代的文學，都必須前代文學所留下的豐富遺產作爲自己發展的依憑，它無法擺脫傳統。傳統文學的的哲思往往以某種形態潛藏在現代文學中，現代文學的語言藝術往往離不開對傳統文學的學習。

王德威在《被壓抑的現代性：晚清小說新論》一書中提出「沒有晚清，何來五四？」的口號，認爲我們應重視晚清時期先於甚至超過五四的開創性。那麼我們是不是也可以說：「沒有古文，何來五四白話文？沒有五四白話文，何來現、當代散文？」文學發展的每一步，明顯地是來自前面的一步，前後往往是環環相扣的，抽去了任何一種繼承要素，文學發展的鏈條就要中斷。只要是華文寫作，無論在大陸、臺灣港澳、還是在海外，都必然要受到博大精深的中國傳統文化的影響——受到中國古代文學經典「遠傳統」和五四新文學經典「近傳統」的影響，而且這些影響是巨大的。

五四新化文運動留下許多寶貴的精神遺產，同時也留下了許多的局限和偏失。在認識到胡適新文學觀對中國現代文學巨大推動作用的同時，我們也必須正視其局限。胡適雖然勇於承擔再造文明的使命，但在思考學術發展和公衆問題方面，他的部分言論是有局限性的，這也造成了革命的成效有限。

愛國是五四精神的本質彰顯，民主是五四精神的鮮明旗幟，科學是五四精神的價値追求。但是，五四文學革命理論上的片面和思想上的偏頗導致否定傳統、否定文學史的承繼，其直線進化論、平民化傾向以及功利主義，造成了五四文學革命的局限。細思起來，胡適、陳獨秀等一批新文化運動的宣導者無一不是深受中國傳統文化影響的學者，他們絕大多數人都是研究國學經典成長的名家，傳統對他們的學識的養成起到的重要作用自不需別人提醒他們。但在當時的歷史背景之下，他們公開宣導傳統對時代的發展和社會的進步而言已經無法起到現實的推動作用。於是，在對傳統的取捨上，胡適等人只能持有一種看似矛盾的複雜態度。而這種矛盾的心態恰恰可以見證當時知識份子面對新舊文化變革的迫切焦慮。

五四新文化運動發生的年代，在救國救民的口號下，把一代知識份子凝聚起來，形成一種文學群體，造就一種文學思潮。回望既往，反思現在，在五四百年後的今天，我們的社會面臨極大的轉型，現代市場經濟又把已經凝聚起來的那個共同體給肢解了。現代人想要找到家國、社會之間精神聯繫的紐帶，似乎不太可能了。人的精神趨於無家可歸化、孤獨化，只憑著對名利的競爭來證明自我存在價値。然而，人生既要遠行，更不能忘記爲什麼而出發。人必須知道自己的昨天，才能知道自己的明天。傾聽歷史的跫音，回望文化的長河，相信胡適建設的文學革命精神在我們這個時代依然有著明鑒歷史、開創未來的重要價值。其濟世報國、救亡圖存的愛國精神，迎難而上、挺身而出的擔當精神以及思想解放、追求眞理的批判精神，都在在提醒我們要傳承文化之根，伸展創新之脈。

審美之心常新，藝術生命永昌，一代學術必有一代名家，文學史上因爲名家開拓的魄力與勇氣，便能推動文化的進步，創造新的文學史。胡適是新文化運動的重鎭，是對五四革新付出熱忱的先鋒，先鋒的實質精神就是一種對眞理永不止息的探索、實驗與創造精神。雖然先鋒勢必被後浪所批判或超越，但先鋒會以永恆的精神引導後人前赴後繼，引領來者不斷前進。

目次

附錄

文學改良芻議

今之談文學改良者眾矣，記者末學不文，何足以言此。然年來頗於此事再四研思，輔以友朋辯論，其結果所得，頗不無討論之價值。因綜括所懷見解，列為八事，分別言之，以與當世之留意文學改良者一研究之。

吾以為今日而言文學改良，須從八事入手。八事者何？

一曰，須言之有物。

二曰，不模仿古人。

三曰，須講求文法。

四曰，不作無病之呻吟。

五曰，務去濫調套語。

六曰，不用典。

七曰，不講對仗。

八曰，不避俗字俗語。

一曰須言之有物

吾國近世文學之大病，在於言之無物。今人徒知「言之無文，行之不遠」，而不知作品言之無物，又何用文爲乎。吾所謂「物」，非古人所謂「文以載道」之說也。吾所謂「物」，約有二事。

㈠情感　〈詩序〉曰，「情動於中而形諸言。言之不足，故嗟嘆之。嗟嘆之不足，故詠歌之。詠歌之不足，不知手之舞之，足之蹈之也。」此吾所謂情感也。情感者，文學之靈魂。文學而無情感，如人之無魂，木偶而已，行屍走肉而已。（今人所謂「美感」者，亦情感之一也。）

㈡思想　吾所謂「思想」，蓋兼見地、識力、理想三者而言之。思想不必皆賴文學而傳，而文學以有思想而益貴。思想亦以有文學的價値而益貣也。此莊周之文，淵明老杜之詩，稼軒之詞，施耐庵之小說，所以夐絕於古也。思想之在文學，猶腦筋之在人身。人不能思想，則雖面目姣好，雖能笑啼感覺，亦何足取哉。文學亦猶是耳。

文學無此二物，便如無靈魂無腦筋之美人，雖有穠麗富厚之外觀，抑亦未矣。近世文人沾沾於聲調字句之間，既無高遠之思想，又無眞摯之情感，文學之衰微，此其大因矣。此文勝之害，所謂言之無物者是也。欲救此弊，宜以質救之。質者何，情與思二者而已。

二曰不模仿古人

文學者，隨時代而變遷者也。一時代有一時代之文學。周秦有周秦之文學，漢魏有漢魏之文學，唐宋元明有唐宋元明之文學。此非吾一人之私言，乃文明進化之公理也。即以文論，有《尙書》之文，有先秦諸子之文，有司馬遷班固之文，有韓柳歐蘇之文，有語錄之文，有施耐庵曹雪芹之文。此文之進化也。試更以韻文言之。擊壤之歌，五子之歌，一時期也。三百篇之詩，一時期也。屈原荀卿之騷賦，又一時期也。蘇李以下，至於魏晉，又一時期也。江左之詩流爲排比，至唐而律詩大成，此又一時期也。老杜香山之「寫實」體諸詩（如杜之〈石壕吏〉、〈羌村〉，白之〈新樂府〉），又一時期也。詩至唐而極盛，自此以後，詞曲代興。唐五代及宋初之小令，此詞之一時代也。蘇柳（永）辛姜之詞，又一時代也。至於元之雜劇傳奇，則又一時代矣。凡此諸時代，各因時勢風會而變，各有其特長。吾輩以歷史進化之眼光觀之，決不可謂古人之文學皆勝於今人也。左氏史公之文奇矣。然施耐庵之《水滸傳》視《左傳》、《史記》，何多讓焉。〈三都〉、〈兩京〉之賦富矣。然以視唐詩宋詞，則糟粕耳。此可見文學因時進化，不能自止。唐人不當作商周之詩，宋人不當作相如子云之賦。即令作之，亦必不工，逆天背時，違進化之跡，故不能工也。

既明文學進化之理，然後可言吾所謂「不模仿古人」之說。今日之中國，當造今日之文學。不必模仿唐宋，亦不必模仿周秦也。前見國會開幕詞有云，「於鑠國會，遵晦時休」。此在今日而欲爲三代以上之文之一證也。更觀今之「文學大家」，文則下規姚曾，上師韓歐，更上則取法秦漢魏晉，以爲六朝以下無文學可言，此皆百步與五十步之別而已，而皆爲文學下乘。即令神似古人，亦不過爲博物院中添幾許「逼眞贗鼎」而已，文學云乎哉。昨見陳伯嚴先生一詩云：

> 濤園鈔杜句，半歲禿千毫。所得都成淚，相過問奏刀。萬靈噤不下，此老仰彌高。胸腹回滋味，徐看薄命騷。

此大足代表今日「第一流詩人」模仿古人之心理也。其病根所在，在於以「半歲禿千毫」之工夫作古人的鈔胥奴婢，故有「此老仰彌高」之嘆。若能灑脫此種奴性，不作古人的詩，而惟作我自己的詩，則決不致如此失敗矣！

吾每謂今日之文學，其足與世界「第一流」文學比較而無愧色者，獨有白話小說（我佛山人、南亭亭長、洪都百煉生三人而已。）一項。此無他故，以此種小說皆不事模仿古人，（三人皆得力於《儒林外史》、《水滸》、《石頭記》。然非模仿之作也。），而惟實寫今日社會之情狀，故能成眞正文學。其他學這個，學那個之詩古文家，皆無文學之價値也。今之有志文學者，宜知所從事矣。

三曰須講求文法

今之作文作詩者，每不講求文法之結構。其例至繁，不便舉之，尤以作駢文律詩者為尤甚。夫不講文法，是謂「不通」。此理至明，無待詳論。

四曰不作無病之呻吟

此殊未易言也。今之少年往往作悲觀，其取別號則曰「寒灰」、「無生」、「死灰」；其作為詩文，則對落日而思暮年，對秋風而思零落，春來則惟恐其速去，花發又惟懼其早謝。此亡國之哀音也，老年人為之猶不可，況少年乎？其流弊所至，遂養成一種暮氣，不思奮發有為，服勞報國，但知發牢騷之音，感唱之文。作者將以促其壽年，讀者將亦短其志氣，此吾所謂無病之呻吟也。國之多患，吾豈不知之？然病國危時，豈痛哭流涕所能收效乎？吾惟願今之文學家作費舒特（Fichte），作瑪志尼（Mazzini），而不願其為賈生、王粲、屈原、謝皋羽也。其不能為賈生、王某、屈原、謝皋羽，而徒為婦人醇酒喪氣失意之詩文者，尤卑卑不足道矣！

五曰務去濫調套語

今之學者，胸中記得幾個文學的套語，便稱詩人。其所為詩文處處是陳言濫調，「磋跎」，「身世」，「寥落」，「飄零」，「蟲沙」，「寒窗」，「斜陽」，「芳草」，「春閨」，「愁魂」，「歸夢」，「鵑啼」，「孤影」，「雁字」，「玉樓」，「錦字」，「殘更」，……之類，累累不絕，最可憎厭。其流弊所至，遂令國中生出許多似是而非，貌似而實非之詩文。今試舉一例以證之：

熒熒夜燈如豆，映幢幢孤影，凌亂無據。翡翠衾寒，鴛鴦瓦冷，禁得秋宵幾度。么弦漫語，早丁字簾前，繁霜飛舞。嫋嫋餘音，片時猶繞柱。

此詞驟觀之，覺字字句句皆詞也。其實僅一大堆陳套語耳。「翡翠衾」，「鴛鴦瓦」，用之白香山〈長恨歌〉則可，以其所言乃帝王之衾之瓦也。「丁字簾」，「么弦」，皆套語也。此詞在美國所作，其夜燈決不「熒熒如豆」，其居室尤無「柱」可繞也。至於「繁霜飛舞」，則更不成話矣。誰曾見繁霜之「飛舞」耶？

吾所謂務去濫調套語者，別無他法，惟在人人以其耳目所親見親聞、所親身閱歷之事物，一一自己鑄詞以形容描寫之。但求其不失真，但求能達其狀物寫意之目的，即是工夫。其用濫調套語者，皆懶惰不肯自己鑄詞狀物者也。

六曰不用典

吾所主張八事之中，惟此一條最受友朋攻擊，蓋以此條最易誤會也。吾友江亢虎君來書曰：

所謂典者，亦有廣狹二義。餖飣獺祭，古人早懸為厲禁；若並成語故事而屏之，則非惟文字之品格全失，即文字之作用亦亡。……文字最妙之意味，在用字簡而涵意多。此斷非用典不為功。不用典不特不可作詩，並不可寫信，且不可演說。來函滿紙「舊雨」，「虛懷」，「治頭治腳」，「捨本逐末」，「洪水猛獸」，「發聾振聵」，「負弩先驅」，「心悅誠服」，「詞壇」，「退避三舍」，「無病呻吟」，「滔天」，「利器」，「鐵證」，……皆典也。試盡抉而去之，代以俚語俚字，將成何說話？其用字之繁簡，猶其細焉。恐一易他詞，雖加倍蓰而涵義仍終不能如是恰到好處，奈何？……

此論極中肯要。今依江君之言，分典為廣狹二義，分論之如下：

㈠**廣義之典非吾所謂典也**。廣義之典約有五種：

（甲）古人所設譬喻，其取譬之事物，含有普通意義，不以時代而失其效用者，今人亦可用之。如古人言「以子之矛，攻子之盾」，今人雖不讀書者，亦知用「自相矛盾」之喻，然不可謂爲用典也，上文所舉例中之「治頭治腳」，「洪水猛獸」，「發聾振聵」，……皆此類也。蓋設譬取喻，貴能切當；若能切當，固無古今之別也。若「負弩先驅」，「退避三舍」之類，在今日已非通行之事物，在文人相與之間，或可用之，然終以不用爲上。如言「退避」，千里亦可，百里亦可，不必定用「三舍」之典也。

（乙）成語　成語者，合字成辭，別爲意義。其習見之句，通行已久，不妨用之。然今日若能另鑄「成語」，亦無不可也。「利器」，「虛懷」，「捨本逐末」，……皆屬此類。此非「典」也，乃日用之字耳。

（丙）引史事　引史事與今所論議之事相比較，不可謂爲用典也。如老杜詩云，「未聞殷周衰，中自誅褒妲」，此非用典也。近人詩云，「所以曹孟德，猶以漢相終」，此亦非用典也。

（丁）引古人作比　此亦非用典也。杜詩云，「清新庾開府，俊逸鮑參軍」，此乃以古人比今人，非用典也。又云，「伯仲之間見伊呂，指揮若定失蕭曹」，此亦非用典也。

（戊）引古人之語　此亦非用典也。吾嘗有句云，「我聞古人言，艱難惟一死」。又云，「嘗試成功自古無，放翁此語未必是」。此乃引語，非用典也。

以上五種爲廣義之典，其實非吾所謂典也。若此者可用可不用。

㈡**狹義之典，吾所主張不用者也**。吾所謂「用典」者，謂文人詞客不能自己鑄詞造句，以寫眼前之景、胸中之意，故借用或不全切，或全不切之故事陳言以代之，以圖含混過去，是謂「用典」。上所述廣義之典，除戊條外，皆爲取譬比方之辭。但以彼喻此，而非以彼代此也。狹義之用典，則全爲以典代言，自己不能直言之，故用典以言之耳。此吾所謂用典與非用典之別也。狹義之典亦有工拙之別，其工者偶一用之，未爲不可，其拙者則當痛絕之。

（子）用典之工者　此江君所謂用字簡而涵義多者也。客中無書不能多舉其例，但雜舉一二，以實吾言：

(1)東坡所藏仇池石，王晉卿以詩借現，意在於奪。東坡不敢不借，先以詩寄之，有句云，「欲留嗟趙弱，寧許負秦曲。傳觀愼勿許，間道歸應速。」此用藺相如返璧之典，何其工切也。

(2)東坡又有「章質夫送酒六壺，書至而酒不達。」詩云，「豈意青州六從事，化爲烏有一先生」。此雖工已近於纖巧矣。

(3)吾十年前嘗有讀〈十字軍英雄記〉一詩云，「豈有酖人羊叔子，焉知微服趙主父，十字軍眞兒戲耳，獨此兩人可千古」。以兩典包盡全書，當時頗沾沾自喜，其實此種詩，儘可不作也。

(4)江亢虎代華僑誄陳英士文有「本懸太白，先壞長城。世無鉏霓，乃戕趙卿」四句，余極喜之。所用趙宣子一典，甚工切也。

(5)王國維詠史詩，有「虎狼在堂室，徒戎復何補。神州遂陸沉，百年委榛莽。寄語桓元子，莫罪王夷甫。」此亦可謂使事之工者矣。

上述諸例，皆以典代言，其妙處，終在不失設譬比方之原意。惟爲文體所限，故譬喻變而爲稱代耳。用典之弊，在於使人失其所欲譬喻之原意。若反客爲主，使讀者迷於使事用典之繁，而轉忘其所爲設譬之事物，則爲拙矣。古人雖作百韻長詩，其所用典不出一二事而已（〈北征〉與白香山〈悟真寺詩〉皆不用一典），今人作長律則非典不能下筆矣。嘗見一詩八十四韻，而用典至百餘事，宜其不能工也。

（丑）用典之拙者用典之拙者，大抵皆衰惰之人，不知造詞，故以此爲躲懶藏拙之計。惟其不能造詞，故亦不能用典也。總計拙典亦有數類：

⑴比例泛而不切，可作幾種解釋，無確定之根據。今取王漁洋〈秋柳〉一章證之：

娟娟涼露欲為霜，萬縷千條拂玉塘，浦裏青行中婦鏡，江干黃竹女兒箱。空憐板渚隋堤水，不見琅琊大道王。若過洛陽風景地，含情重問永豐坊。

此詩中所用諸典無不可作幾樣說法者。

⑵僻典使人不解。夫文學所以達意抒情也。若必求人人能讀五車書，然後能通其文，則此種文可不作矣。

⑶刻削古典成語，不合文法。「指兄弟以孔懷，稱在位以曾是」（章太炎語），是其例也。今人言「爲人作嫁」亦不通。

(4)用典而失其原意。如某君寫山高與天接之狀，而曰「西接杞天傾」是也。

(5)古事之實有所指，不可移用者，今往亂用作普通事實。如古人灞橋折柳，以送行者，本是一種特別土風。陽關、渭城亦皆實有所指。今之懶人不能狀別離之情，於是雖身在滇越，亦言灞橋，雖不解陽關渭城為何物，亦皆「陽關三疊」，「渭城離歌」。又如張翰因秋風起而思故鄉之蓴羹鱸膾，今則雖非吳人，不知蓴鱸為何味者，亦皆自稱有「蓴鱸之思」。此則不僅懶不可救，直是自欺欺人耳！

凡此種種，皆文人之不下工夫，一受其毒，便不可救。此吾所以有「不用典」之說也。

七曰不講對仗

排偶乃人類言語之一種特性，故雖古代文字，如老子孔子之文，亦間有駢句。如「道可道，非常道；名可名，非常名。無名天地之始，有名萬物之母。故常無，欲以觀其妙；常有，欲以觀其徼。」此三排句也。「食無求飽，居無求安」，「貧而無諂，富無而驕」，「爾愛其羊，我愛其禮」，此皆排句也。然此皆近於語言之自然，而無牽強刻削之跡；尤未有定其字之多寡，聲之平仄，詞之虛實者也。至於後世文學末流，言之無物，乃以文勝；文勝之極，而駢文律詩興焉，而長律興焉。駢文律詩之中非無佳作，然佳作終鮮。所以然者何？豈不以其束縛人之自由過甚之故耶？（長律之中，上下古今，無一首佳作可言也。）今日而言文學改良，當「先立乎其大者」，不當枉廢有用之精力於微細纖巧之末，此吾所以有廢駢廢律之說也。即不能廢此兩者，亦但當視爲文學末技而已，非講求之急務也。

今人猶有鄙夷白話小說爲文學小道者，不知施耐庵、曹雪芹、吳趼人皆文學正宗，而駢文律詩乃眞小道耳。吾知必有聞此言而卻走者矣。

八曰不避俗語俗字

吾惟以施耐庵、曹雪芹、吳趼人爲文學正宗，故有「不避俗字俗語」之論也（參看上文第二條下）。蓋吾國言文之背馳久矣。自佛書之輸入，譯者以文言不足以達意，故以淺近之文譯之，其體已近白話。其後佛氏講義語錄尤多用白話爲之者，是爲語錄體之原始。及宋人講學以白話爲語錄，此體遂成講學正體（明人因之。）當是時，白話已久入韻文，觀唐宋人白話之詩詞可見也。及至元時，中國北部已在異族之下，三百餘年矣（遼、金、元）。此三百年中，中國乃發生一種通俗行遠之文學。文則有《水滸》、《西遊》、《三國》之類，戲曲則尤不可勝計（關漢卿諸人，人各著劇數十種之多。吾國文人著作之富，未有過於此時者也）。以今世眼光觀之，則中國文學當以元代爲最盛，可傳世不朽之作，當以元代爲最多，此可無疑也。當是時，中國之文學最近言文合一，白話幾成文學的語言矣。使此趨勢不受阻遏，則中國乃有「活文學出現」，而但丁、路德之偉業（歐洲中古時，各國皆有俚語，而以拉丁文為文言，凡著作書籍皆用之，如吾國之以文言著書也。其後意大利有但丁（Dante）諸文豪，始以其國俚語著作。諸國踵興，國語亦代起。路德（Luther）創新教始以德文譯《舊約》、《新約》，遂開德文學之先。英法諸國亦復如是。今世通用之英文《新舊約》乃一六一一年譯本，距今才三百年耳。故今日歐洲諸國之文學，在當日皆為俚語。造諸文豪興，始以「活文學」代拉丁之死文學。有活文學而後有言文合一之國語也。），幾發生於神州。不意此趨勢驟爲明代所阻，政府既以八股取士，而當時文人如何、李七子之徒，又爭以復古爲高，於是此千年難遇言文合一之機會，遂中道夭折矣。然以今世歷史進化的眼光觀之，則白話文學之爲中國文學之正宗，又爲將來文學必用之利器，可斷言也（此「斷言」乃自作者言之，贊成此說者今日未必甚多也）。以此之故，吾主張今日作文作詩，宜採用俗語俗字。與其用三千年前之死字（如「於鑠國會，遵晦時休」之類），不如用二十世紀之活字；與其作不能行遠不能普及之秦漢六朝文字，不如作家喻戶曉之《水滸》、《西遊》文字也。

結論

上述八事，乃吾年來研思此一大問題之結果。遠在異國，既無讀書之暇晷，又不得就國中先生長者質疑問題，其所主張容有矯枉過正之處。然此八事皆文學上根本問題，一一有研究之價值。故草成此論，以為海內外留心此問題者作一草案。謂之芻議，猶云未定草也，伏惟國人同志有以匡糾是正之。

民國六年一月

歷史的文學觀念論

居今日而言文學改良，當注重「歷史的文學觀念」。一言以蔽之，曰，一時代有一時代之文學。此時代與彼時代之間，雖皆有承前啟後之關係，而決不容完全抄襲；其完全抄襲者，決不成爲眞文學。愚惟深信此理，故以爲古人已造古人之文學，今人當造今人之文學。至於今日之文學與今後之文學究竟當爲何物，則全繫於吾輩之眼光識力與筆力，而非一二人所能逆料也。惟愚縱觀古今文學變遷之趨勢，以爲白話之文學種子已伏於唐人之小詩短詞。及宋而語錄體大盛，詩詞亦多有用白話者（放翁之七律七絕多白話體。宋詞用白話者更不可勝計。南宋學者往往用白話通信，又不但以白話作語錄也）。元代之小說戲曲，則更不待論矣。此白話文學之趨勢，雖爲明代所截斷，而實不曾截斷。語錄之體，明、清之宋學家多沿用之。詞曲如《牡丹亭》、《桃花扇》，已不如元人雜劇之通俗矣。然崑曲卒至廢絕，而今之俗劇（吾徽之「徽調」與今日「京調」、「高腔」皆是也）乃起而代之。今後之戲劇或將全廢唱本而歸於說白，亦未可知。此亦由文言趨於白話之一例也。小說則明、清之有名小說，皆白話也。近人之小說，其可以傳後者，亦皆白話也（筆記短篇如《聊齋志異》之類不在此例）。故白話之文學，自宋以來，雖見屛於古文家，而終一線相承，至今不絕。

夫白話之文學，不足以取富貴，不足以邀聲譽，不列於文學之「正宗」，而卒不能廢絕者，豈無故耶？豈不以此爲吾國文學趨勢，自然如此，故不可禁遏而日以昌大耶？愚以深信此理，故又以爲今日之文學，當以白話文學爲正宗。然此但是一個假設之前提，在文學史上，雖已有許多證據，如上所云，而今後之文學之果出於此與否，則猶有待於今後文學家之實地證明。若今後之文人不能爲吾國造一可傳世之白話文學，則吾輩今日之紛紛議論，皆屬枉費精力，決無以服古文家之心也。

然則吾輩又何必攻古文家乎？曰，是亦有故。吾輩主張「歷史的文學觀念」，而古文家則反對此觀念也。吾輩以爲今人當造今人之文學，而古文家則以爲今人作文必法馬、班、韓、柳。其不法馬、班、韓、柳者，皆非文學之「正宗」也。吾輩之攻古文家，正以其不明文學之趨勢而強欲作一千年二千年以上之文。此說不破，則白話之文學無有列爲文學正宗之一日，而世之文人將猶鄙薄之以爲小道邪徑而不肯以全力經營造作之。如是，則吾國將永無以全副精神實地試驗白話文學之日。夫不以全副精神造文學而望文學之發生，此猶不耕而求獲不食而求飽也，亦終不可得矣（施耐庵、曹雪芹諸人所以能有成者，正賴其有特別膽力，能以全力為之耳）。

吾輩既以「歷史的」眼光論文，則亦不可不以歷史的眼光論古文家。《記》曰：「生乎今之世，反古之道，災必及乎身。」（朱熹曰：反，復也。）此言復古者之謬，雖孔聖人亦不贊成也。古文家之罪正坐「生乎今之世，反古之道」。古文家盛稱馬、班，不知馬、班之文已非古文。使馬、班皆作〈盤庚〉〈大誥〉「清廟生民」之文，則馬、班決不能千古矣。古文家又盛稱韓、柳，不知韓、柳在當時皆爲文學革命之人。彼以六朝駢儷之文爲當廢，故改而趨於較合文法，較近自然之文體。其時白話之文未興，故韓、柳之文在當日皆爲「新文學」。韓、柳皆未嘗自稱「古文」，古文乃後人稱之辭耳。此如七言歌行，本非「古體」，六朝人作之者數人而已。至唐而大盛，李、杜之歌行，皆可謂創作。後之妄人，乃謂之曰「五古」，「七古」，不知五言作於漢代，七言尤不得爲古，其起與律詩同時（律詩起於六朝。謝靈運、江淹之詩，皆為駢偶之體矣，則雖謂律詩先於七古可也）。若《周頌》《商頌》則眞「古詩」耳。故李、杜作「今詩」，而後人謂之「古詩」；韓、柳作「今文」，而後人謂之「古文」。不知韓、柳但擇當時文體中之最近於文言之自然者而作之耳。故韓、柳之爲韓、柳，無可厚非也。

及白話之文體既興，語錄用於講壇，而小說傳於窮巷。當此之時，「今文」之趨勢已成，而明七子之徒乃必欲反之於漢、魏以上，則罪不容辭矣。歸、方、劉、姚之志與七子同，特不敢遠攀周、秦，但欲近規韓、柳、歐、曾而已，此其異也。吾故謂古文家亦未可一概抹煞。分別言之，則馬、班自作漢人之文，韓、柳自作唐代之文。其作文之時，言文之分尚不成一問題，正如歐洲中古之學者，人人以拉丁文著書，而不知其所用爲「死文字」也。宋代之文人，北宋如歐、蘇皆常以白話入詞，而作散文則必用文言；南宋如陸放翁常以白話作律詩，而其文集皆用文言，朱晦庵以白話著書寫信，而作「規矩文字」則皆用文言，此皆過渡時代之不得已，如十六七世紀歐洲學者著書往往並用己國俚語與拉丁兩種文字（狄卡兒之《方法論》用法文，其《精思錄》則用拉丁文。培根之《雜論》有英文、拉丁文兩種。培根自信其拉丁文書勝於其英文書，然今人罕有讀其拉丁文《雜論》者矣），不得概以古文家冤之也。惟元以後之古文家，則居心在於復古，居心在於過抑通俗文學而以漢、魏、唐、宋代之。此種人乃可謂眞正「古文家」！吾輩所攻擊者亦僅限於此一種「生於今之世反古之道」之眞正「古文家」耳！

民國六年五月

建設的文學革命論

國語的文學——文學的國語

一

我的〈文學改良芻議〉發表以來，已有一年多了。這十幾個月之中，這個問題居然引起了許多很有價值的討論，居然受了許多很可使人樂觀的響應。我想我們提倡文學革命的人，固然不能不從破壞一方面下手。但是我們仔細看來，現在的舊派文學實在不值得一駁。什麼桐城派的古文哪，文選派的文學哪，江西派的詩哪，夢窗派的詞哪，《聊齋志異》派的小說哪，——都沒有破壞的價值。他們所以還能存在國中，正因為現在還沒有一種真有價值，真有生氣，真可算作文學的新文學起來代他們的位置。有了這種「真文學」和「活文學」，那些「假文學」和「死文學」，自然會消滅了。所以我希望我們提倡文學革命的人，對於那些腐敗文學，個個都該存一個「彼可取而代也」的心理，個個都該從建設一方面用力，要在三五十年內替中國創造出一派新中國的活文學。

我現在作這篇文章的宗旨，在於貢獻我對於建設新文學的意見。我且先把我從前所主張破壞的八事引來做參考的資料：

一、不作「言之無物」的文字。
二、不作「無病呻吟」的文字。
三、不用典。
四、不用套語爛調。
五、不重對偶——文須廢駢，詩須廢律。
六、不作不合文法的文字。
七、不模仿古人。
八、不避俗話俗字。

這是我的「八不主義」，是單從消極的，破壞的一方面著想的。

自從去年歸國以後，我在各處演說文學革命，便把這「八不主義」都改作了肯定的口氣，又總括作四條，如下：

一、要有話說，方才說話。這是「不做言之無物的文字」一條的變相。
二、有什麼話，說什麼話；話怎麼說，就怎麼說。這是二、三、四、五、六諸條的變相。
三、要說我自己的話，別說別人的話。這是「不模仿古人」一條的變相。
四、是什麼時代的人，說什麼時代的話。這是「不避俗話俗字」的變相。

這是一半消極，一半積極的主張。一筆表過，且說正文。

二

我的「建設新文學論」的唯一宗旨只有十個大字：「國語的文學，文學的國語」。我們所提倡的文學革命，只是要替中國創造一種國語的文學。有了國語的文學，方才可有文學的國語。有了文學的國語，我們的國語才可算得眞正國語。國語沒有文學，便沒有生命，便沒有價值，便不能成立，便不能發達。這是我這一篇文字的大旨。

我曾仔細研究：中國這二千年何以沒有眞有價値眞有生命的「文言的文學」？我自己回答道：「這都因爲這二千年的文人所作的文學都是死的，都是用已經死了的語言文字作的。死文字決不能產出活文學。所以中國這二千年只有些死文學，只有些沒有價値的死文學。」

我們爲什麼愛讀〈木蘭辭〉和〈孔雀東南飛〉呢？因爲這兩首詩是用白話作的。爲什麼愛讀陶淵明的詩和李後主的詞呢？因爲他們的詩詞是用白話作的。爲什麼愛杜甫的〈石壕吏〉、〈兵車行〉諸詩呢？因爲他們都是用白話作的。爲什麼不愛韓愈的〈南山〉呢？因爲他用的是死字死話。……簡單說來，自從《三百篇》到於今，中國的文學凡是有一些價値，有一些兒生命的，都是白話的，或是近於白話的。其餘的都是沒有生氣的古董，都是博物院中的陳列品！

再看近世的文學：何以《水滸傳》、《西遊記》、《儒林外史》、《紅樓夢》可以稱爲

「活文學」呢？因爲他們都是用一種活文字作的。若是施耐庵、邱長春、吳承恩、吳敬梓、曹雪芹都用了文言做書，他們的小說一定不會有這樣生命，一定不會有這樣價值。

讀者不要誤會：我並不曾說凡是用白話作的書都是有價值有生命的。我說的是：用死了的文言決不能作出有生命有價值的文學來。這一千多年的文學，凡是有眞正文學價值的，沒有一種不帶有白話的性質，沒有一種不靠這個「白話性質」的幫助。換言之：白話能產出有價值的文學，也能產出沒有價值的文學；可以產出《儒林外史》，也可以產出《肉蒲團》。但是那已死的文言，只能產出沒有價值沒有生命的文學，決不能產出有價值有生命的文學；只能作幾篇擬韓退之〈原道〉或擬陸士衡〈擬古〉，決不能作出一部《儒林外史》。若有人不信這話，可先讀明朝古文大家宋濂的〈王冕傳〉，再讀《儒林外史》第一回的〈王冕傳〉，便可知道死文學和活文學的分別了。

爲什麼死文字不能產生活文學呢？這都由於文學的性質。一切語言文字的作用在於達意表情；達意達得妙，表情表得好，便是文學。那些用死文言的人，有了意思，卻須把這意思翻成幾千年前的典故；有了感情，卻須把這感情譯爲幾千年前的文言。明明是客子思家，他們須說「王粲登樓」、「仲宣作賦」；明明是送別，他們卻須說「陽關三疊」、「一曲渭城」；明明是賀陳寶琛七十歲生日，他們卻須說是賀伊尹、周公、傅說。更可笑的：明明是鄉下老太婆說話，他們卻要叫他打起唐宋八家的古文腔兒；明明是極下流的妓女說話，他們卻要他打起胡天游、洪亮吉的駢文調子！……請問這樣作文章如何能達意表情呢？既不能達意，既不能表情，那裏還有文學呢？即如那《儒林外史》裏的王冕，是一個有感情，有血氣，能生動，能談笑的活人。這都因爲作書的人能用活言語活文字來描寫他的生活神情。那宋濂集子裏的王冕便成了一個沒有生氣，不能動人的死人。爲什麼呢？因爲宋濂用了二千年前的死文字來寫二千年後的活人；所以不能不把這個活人變作二千年前的木偶，才可合那古文家法。古文家法是合了，那王冕也眞「作古」了！

因此我說，「死文言決不能產出活文學」。中國若想有活文學，必須用白話，必須用國語，必須做國語的文學。

三

上節所說，是從文學一方面著想，若要活文學，必須用國語。如今且說從國語一方面著想，國語的文學有何等重要。

有些人說：「若要用國語做文學，總須先有國語。如今沒有標準的國語，如何能有國語的文學呢？」我說這話似乎有理，其實不然。國語不是單靠幾位言語學的專門家就能造得成的；也不是單靠幾本國語教科書和幾部國語字典就能造成的。若要造國語，先須造國語的文學。有了國語的文學，自然有國語。這話初聽了似乎不通。但是列位仔細想想便可明白了。天下的人誰肯從國語教科書和國語字典裏面學習國語？所以國語教科書和國語字典，雖是很要緊，決不是造國語的利器。眞正有功效有勢力的國語教科書，便是國語的文學；便是國語的小說、詩文、戲本。國語的小說、詩文、戲本通行之日，便是中國國語成立之時。試問我們今日居然能拿起筆來作幾篇白話文章，居然能寫得出好幾百個白話的字，可是從什麼白話教科書上學來的嗎？可不是從《水滸傳》、《西遊記》、《紅樓夢》、《儒林外史》……等書學來的嗎？這些白話文學的勢力，比什麼字典教科書都還大幾百倍。字典說「這」字該讀「魚彥反」，我們偏讀他作「者個」的者字。字典說「麼」字是「細小」，我們偏把他用作「什麼」、「那麼」的麼字。字典說「沒」字是「沉也」，「盡也」，我們偏用他作「無有」的無字解。字典說「的」字有許多意義，我們偏把他用來代文言的「之」字，「者」字，「所」字和「徐徐爾，縱縱爾」的「爾」字。……總而言之，我們今日所用的「標準白話」，都是這幾部白話的文學定下來的。我們今日要想重新規定一種「標準國語」，還須先造無數國語的《水滸傳》、《西遊記》、《儒林外史》、《紅樓夢》。

所以我以為我們提倡新文學的人，儘可不必問今日中國有無標準國語。我們儘可努力去作白話的文學。我們可儘量採用《水滸》、《西遊記》、《儒林外史》、《紅樓夢》的白話；有不合今日的用的，便不用他；有不夠用的，便用今日的白話來補助；有不得不用文言的，便用文言來補助。這樣做去，決不愁語言文字不夠用，也決不用愁沒有標準白話。中國將來的新文學用的白話，就是將來中國的標準國語。造中國將來白話文學的人，就是制定標準國語的人。

我這種議論並不是「嚮壁虛造」的。我這幾年來研究歐洲各國國語的歷史，沒有一種國語不是這樣造成的。沒有一種國語是教育部的老爺們造成的。沒有一種是言語學專門家造成的。沒有一種不是文學家造成的。我且舉幾條例爲證：

一、意大利。五百年前，歐洲各國但有方言，沒有「國語」。歐洲最早的國語是意大利文。那時歐洲各國的人多用拉丁文著書通信。到了十四世紀的初年，意大利的大文學家但丁（Dante）極力主張用意大利話來代拉丁文。他說拉丁文是已死了的文字，不如他本國俗語的優美。所以他自己的傑作「喜劇」，全用脫斯堪尼（Tuscany）（意大利北部的一邦）的俗話。這部「喜劇」，風行一世，人都稱他做「神聖喜劇」。那「神聖喜劇」的白話後來便成了意大利的標準國語。後來的文學家包卡嘉（Boccacio, 1313-1375）和洛倫查（Lorenzo de Medici）諸人也都用白話作文學。所以不到一百年，意大利的國語便完全成立了。

二、英國。英倫雖只是一個小島國，卻有無數方言。現在通行全世界的「英文」在五百年前還只是倫敦附近一帶的方言，叫做「中部土話」。當十四世紀時，各處的方言都有些人用來作書。後來到了十四世紀的末年，出了兩位大文學家，一個是趙叟（Chaucer, 1340-1400），一個是威克列夫（Wycliff, 1320-1384）。趙叟作了許多詩歌、散文，都用這「中部土話」。威克列夫把耶教的《舊約》、《新約》也都譯成「中部土話」。有了這兩個人的文學，便把這「中部土話」變成英國的標準國語。後來到了十五世紀，印刷術輸進英國，所印的書多用這「中部土話」，國語的標準更確定了。到十六、十七兩世紀，莎士比亞和「伊里沙白時代」無數文學大家，都用國語創造文學。從此以後，這一部分的「中部土話」，不但成了英國的標準國語，幾乎竟成了全地球的世界語了！

此外，法國、德國及其他各國的國語，大都是這樣發生的，大都是靠著文學的力量才能變成標準的國語的。我也不去一一的細說了。

意大利國語成立的歷史，最可供我們中國人的研究。爲什麼呢？因爲歐洲西部北部的新國，如英吉利、法蘭西、德意志，他們的方言和拉丁文相差太遠了，所以他們漸漸的用國語著作文學，還不算稀奇。只有意大利是當年羅馬帝國的京畿近地，在拉丁文的故鄉；各處的方言又和拉丁文最近。在意大利提倡用白話代拉丁文，眞正和在中國提倡用白話代漢文，有同樣的艱難。所以英法德各國語，一經文學發達以後，便不知不覺的成爲國語了。在意大利卻不然。當時反對的人很多，所以那時的新文學家，一方面努力創造國語的文學，一方面還要作文章鼓吹何以當廢古文，何以不可不用白話。有了這種有意的主張（最有力的是但丁（Dante）和阿兒白狄（Alberti）兩個人），又有了那些有價值的文學，才可造出意大利的「文學的國語」。

我常問我自己道：「自從施耐庵以來，很有了些極風行的白話文學，何以中國至今還不曾有一種標準的國語呢？」我想來想去，只有一個答案。這一千年來，中國固然有了一些有價值的白話文學，但是沒有一個人出來明目張膽的主張用白話爲中國的「文學的國語」。有時陸放翁高興了，便作一首白話詩；有時柳耆卿高興了，便作一首白話詞；有時朱晦庵高興了，便寫幾封白話信，作幾條白話札記；有時施耐庵、吳敬梓高興了，便作一兩部白話的小說。這都是不知不覺的自然出產品，並非是有意的主張。因爲沒有「有意的主張」，所以作白話的只管作白話，作古文的只管作古文，作八股的只管作八股。因爲沒有「有意的主張」，所以白話文學從不曾和那些「死文學」爭那「文學正宗」的位置。白話文學不成爲文學正宗，故白話不曾成爲標準國語。

我們今日提倡國語的文學，是有意的主張。要使國語成爲「文學的國語」。有了文學的國語，方有標準的國語。

四

上文所說「國語的文學，文學的國語」，乃是我們的根本主張。如今且說要實行做到這個根本主張，應該怎樣進行。

我以爲創造新文學的進行次序，約有三步：㈠工具，㈡方法，㈢創造。前兩步是預備，第三步才是實行創造新文學。

一、**工具**　古人說得好：「工欲善其事，必先利其器」，寫字的要筆好，殺豬的要刀快。我們要創造新文學，也須先預備下創造新文學的「工具」。我們的工具就是白話。我們有志造國語文學的人，應該趕緊籌備這個萬不可少的工具。預備的方法，約有兩種：

甲、**多讀模範的白話文學**。例如《水滸傳》《西遊記》《儒林外史》《紅樓夢》；宋儒語錄，白話信札；元人戲曲，明清傳奇的說白。唐宋的白話詩詞，也該選讀。

乙、**用白話作各種文學**。我們有志造新文學的人，都該發誓不用文言作文：無論通信，作詩，譯書，作筆記，作報館文章，編學堂講義，替死人作墓誌，替活人上條陳，……都該用白話來作。我們從小到如今，都是用文言作文，養成了一種文言的習慣，所以雖是活人，只會作死人的文字。若不下一些狠勁，若不用點苦工夫，決不能使用白話圓轉如意。若單在《新青年》裏面作白話文字，此外還依舊作文言的文字，那眞是「一日暴之，十日寒之」的政策，決不能磨鍊成白話的文學家。

不但我們提倡白話文學的人應該如此做去，就是那些反對白話文學的人，我也奉勸他們用白話來作文字。爲什麼呢？因爲他們若不能作白話文字，便不配反對白話文學。譬如那些不認得中國字的中國人，若主張廢漢文，我一定罵他們不配開口。若是我的朋友錢玄同要主張廢漢文，我決不敢說他不配開口了。那些不會作白話文字的人來反對白話文學，便和那些不懂漢文的人要廢漢文，是一樣的荒謬。所以我勸他們多作些白話文字，多作些白話詩歌，試試白話是否有文學的價値。如果試了幾年，還覺得白話不如文言，那時再來攻擊我們，也還不遲。

還有一層。有些人說，「作白話很不容易，不如作文言的省力」。這是因爲中毒太深之過。受病深了，更宜趕緊醫治。否則眞不可救了。其實作白話並不難。我有一個姪兒，今年才十五歲，一向在徽州不曾出過門，今年他用白話寫信來，居然寫得極好。我們徽州話和官話差得很遠，我的姪兒不過看了一些白話小說，便會作白話文字了。這可見作白話並不是難事，不過人性懶惰的居多數，捨不得拋「高文典冊」的死文字罷了。

二、方法　我以爲中國近來文學所以這樣腐敗，大半雖由於沒有適用的「工具」，但是單有「工具」，沒有方法，也還不能造新文學。做木匠的人，單有鋸鑿鑽刨，沒有規矩師法，決不能造成木器。文學也是如此。若單靠白話便可造新文學，難道把鄭孝胥、陳三立的詩翻成了白話，就可算得新文學了嗎？難道那些用白話作的《新華春夢記》《九尾龜》也可算作新文學嗎？我以爲現在國內新起的一班「文人」，受病最深的所在，只在沒有高明的文學方法，我且舉小說一門爲例。現在的小說（單指中國人自己著的）看來看去，只有兩派。一派最下流的，是那些學《聊齋志異》的劄記小說。篇篇都是「某生，某處人，生有異稟，下筆千言，……一日於某地遇一女郎，……好事多磨，……遂爲情死」；或是「某地某生，遊某地，眷某妓，情好綦篤，遂訂白頭之約，……而大婦妬甚，不能相容，女抑鬱以死，……生撫屍一慟幾絕」……此類文字，只可抹桌子，固不值一駁。還有那第二派是那些學《儒林外史》或是學了《官場現形記》的白話小說。上等的如《廣陵潮》，下等的如《九尾龜》。這一派小說，只學了《儒林外史》的壞處，卻不曾學得他的好處。《儒林外史》的壞處在於體裁結構太不緊嚴，全篇是雜湊起來的。例如婁府一群人，自成一段；杜府兩公子自成一段；馬二先生又成一段；虞博士又成一段；蕭雲仙、郭孝子，又各自成一段。分出來，可成無數劄記小說；接下去，可長至無窮無極。《官場現形記》便是這樣。如今的章回小說，大都犯這個沒有結構，沒有布局的懶病。卻不知道《儒林外史》所以能有文學價值者，全靠一副寫人物的畫工本領。我十年不曾讀這書了，但是我閉了眼睛，還覺得書中的人物，如嚴貢生，如馬二先生，如杜少卿，如權勿用，……個個都是活的人物。正如讀《水滸》的人，過了二三十年，還不會忘記魯智深、李逵、武松、石秀……一班人。請問列位讀過《廣陵潮》和《九尾龜》的人，過了兩三個月，心目中除了一個「文武全才」的章秋谷之外，還記得幾個活靈活現的書中人物？——所以我說，現在的「新小說」，全是不懂得文學方法的：既不知布局，又不知結構，又不知描寫人物，只作成了許多又長又臭的文字；只配與報紙的第二張充篇幅，卻不配在新文學上占一個位置。——小說在中國近年，比較的說來，要算文學中最發達的一門了。小說尚且如此，別種文學，如詩歌戲曲，更不用說了。

如今且說什麼叫做「文學的方法」呢？這個問題不容易回答，況且又不是這篇文章的本題，我且約略說幾句。

大凡文學的方法可分三類：

㈠**集收材料的方法**　中國的「文學」大病在於缺少材料。那些古文家，除了墓誌、壽序、家傳之外，幾乎沒有一毫材料。因此，他們不得不作那些極無聊的「漢高帝斬丁公論」，「漢文帝唐太宗優劣論」。至於近人的詩詞，更沒有什麼材料可說了。近人的小說材料，只有三種：一種是官場，一種是妓女，一種是不官而官，非妓而妓的中等社會（留學生、女學生之可作小說材料者，亦附此類），除此之外，別無材料。最下流的，竟至登告白徵求這種材料。作小說竟須登告白徵求材料，便是宣告文學家破產的鐵證。我以爲將來的文學家收集材料的方法，約如下：

甲、**推廣材料的區域**　官場妓院與齷齪社會三個區域，決不夠採用。即如今日的貧民社會，如工廠之男女工人、人力車夫、內地農家、各處大負販及小店鋪，一切痛苦情形，都不曾在文學上占一位置。並且今日新舊文明相接觸，一切家庭慘變，婚姻苦痛，女子之位置，教育之不適宜，……種種問題，都可供文學的材料。

乙、**注重實地的觀察和個人的經驗**　現今文人的材料大都是關了門虛造出來的，或是間接又間接的得來的，因此我們讀這種小說，總覺得浮泛敷衍，不痛不癢的，沒有一毫精采。眞正文學家的材料大概都有「實地的觀察和個人自己的經驗」做個根底。不能作實地的觀察，便不能做文學家；全沒有個人的經驗，也不能做文學家。

丙、**要用周密的理想作觀察經驗的補助**　實地的觀察和個人的經驗，固是極重要，但是也不能全靠這兩件。例如施耐庵若單靠觀察和經驗，決不能作出一部《水滸傳》。個人所經驗的，所觀察的，究竟有限。所以必須有活潑精細的理想（Imagination），把觀察經驗的材料，一一的體會出來，一一的整理如式，一一的組織完全；從已知的推想到未知的，從經驗過的推想到不曾經驗過的，從可觀察的推想到不可觀察的。這才是文學家的本領。

㈡**結構的方法**　有了材料，第二步需要講究結構。結構是個總名詞，內中所包甚廣，簡單說來，可分剪裁和布局兩步：

甲、**剪裁**　有了材料，先要剪裁。譬如做衣服，先要看那塊料可做袍子，那塊料可做背心。估計定了，方可下剪。文學家的材料也要如此辦理。先須看這些材料該用作　作小詩呢？還是作長歌呢？該用作章回小說呢？還是作短篇小說呢？該用作小說呢？還是作戲本呢？籌劃定了，方才可以剪下那些可用的材料，去掉那些不中用的材料；方才可以決定作什麼體裁的文字。

乙、布局　體裁定了，再可講布局。有剪裁，方可決定「做什麼」；有布局，方可決定「怎樣做」。材料剪定了，須要籌算怎樣做去始能把這材料用得最得當又最有效力。例如唐朝天寶時代的兵禍，百姓的痛苦，都是材料。這些材料，到了杜甫的手裏，便成了詩料。如今且舉他的〈石壕吏〉一篇，作布局的例。這首詩只寫一個過路的客人一晚上在一個人家內偷聽得的事情；只用一百二十個字，卻不但把那一家祖孫三代的歷史都寫出來，並且把那時代兵禍之慘，壯丁死亡之多，差役之橫行，小民之苦痛，都寫得逼真活現，使人讀了生無限的感慨。這是上品的布局工夫。又如古詩〈上山採蘼蕪，下山逢故夫〉一篇，寫一家夫婦的慘劇，卻不從「某人娶妻甚賢，後別有所歡，遂出妻再娶」說起，只挑出那前妻山上下來遇著故夫的時候下筆，卻也能把那一家的家庭情形寫得充分滿意。這也是上品的布局工夫。——近來的文人全不講求布局：只顧湊足多少字可賣幾塊錢；全不問材料用的得當不得當，動人不動人。他們今日作上回的文章，還不知道下一回的材料在何處！這樣的文人怎樣造得出有價值的新文學呢！

㈢**描寫的方法**　局已布定了，方才可講描寫的方法。描寫的方法，千頭萬緒，大要不出四條：1.寫人。2.寫境。3.寫事。4.寫情。

寫人要舉動、口氣、身分、才性、……都要有個性的區別：件件都是林黛玉，決不是薛寶釵；件件都是武松，決不是李逵。寫境要一喧、一靜、一石、一山、一雲、一鳥，……也都要有個性的區別：《老殘遊記》的大明湖，決不是西湖，也決不是洞庭湖；《紅樓夢》裏的家庭，決不是《金瓶梅》裏的家庭。寫事要線索分明，頭緒清楚，近情近理，亦正亦奇。寫情要眞，要精，要細膩婉轉，要淋漓盡致。——有時須用境寫人，用情寫人，用事寫人；有時須用人寫境，用事寫境，用情寫境；……這裏面的千變萬化，一言難盡。

如今且回到本文。我上文說的：創造新文學的第一步是工具；第二步是方法。方法的大致，我剛才說了。如今且問，怎樣預備方才可得著一些高明的文學方法？我仔細想來，只有一條法子：就是趕緊多多的翻譯西洋的文學名著做我們的模範。我這個主張，有兩層理由：

第一，中國文學的方法實在不完備，不夠作我們的模範。即以體裁而論，散文只有短篇，沒有布置周密，論理精嚴，首尾不懈的長篇；韻文只有抒情詩，絕少紀事詩，長篇詩更不曾有過；戲本更在幼稚時代，但略能紀事掉文，全不懂結構；小說好的，只不過三四部，這三四部之中，還有許多疵病；至於最精采的「短篇小說」、「獨幕戲」，更沒有了。若從材料一方面看來，中國文學更沒有做模範的價值。才子佳人，封王掛帥的小說；風花雪月，塗脂抹粉的詩；不能說理，不能言情的「古文」；學這個，學那個的一切文學：這些文字，簡直無一毫材料可說。至於布局一方面，除了幾首實在好的詩之外，幾乎沒有一篇東西當得「布局」兩個字！——所以我說，從文學方法一方面看去，中國的文學實在不夠給我們作模範。

第二，西洋的文學方法，比我們的文學，實在完備得多，高明得多，不可不取例。即以散文而論，我們的古文家至多比得上英國的培根（Bacon）和法國的孟太恩（Montaigne），至於像柏拉圖（Plato）的「主客體」，赫胥黎（Huxley）等的科學文字，包士威爾（Boswell）和莫烈（Morley）等的長篇傳記，彌兒（Mill）、弗蘭克令（Franklin）、吉朋（Gibbon）等的「自傳」，太恩（Taine）和白克兒（Buckle）等的史論；……都是中國從不曾夢見過的體裁。更以戲劇而論，二千五百年前的希臘戲曲，一切結構的工夫，描寫的工夫，高出元曲何止十倍。近代的莎士比亞（Shakespeare）和莫逆爾（Moliere）更不用說了，最近六十年來，歐洲的散文戲本，千變萬化，遠勝古代，體裁也更發達了，最重要的，如「問題戲」，專研究社會的種種重要問題；「象徵戲」（Symbolie Drama），專以美術的手段作的「意在言外」的戲本；「心理戲」，專描寫種種複雜的心境，作極精密的解剖；「諷刺戲」，用嬉笑怒罵的文章，達憤世救世的苦心；——我寫到這裏，忽然想起今天梅蘭芳正在唱新編的《天女散花》，上海的人還正在等著看新排的《多爾袞》呢！我也不往下數了。——更以小說而論，那材料之精確，體裁之完備，命意之高超，描寫之工切，心理解剖之細密，社會問題討論之透切，……眞是美不勝收。至於近百年新創的「短篇小說」，眞如芥子裏面藏著大千世界；眞如百鍊的精金，曲折委婉，無所不可；眞可說是開千古未有的創局，掘百世不竭的寶藏。——以上所說，大旨只在約略表示西洋文學方法的完備，因爲西洋文學眞有許多可給我們作模範的好處，所以我說：我們如果眞要研究文學的方法，不可不趕緊翻譯西洋的文學名著做我們的模範。

現在中國所譯的西洋文學書，大概都不得其法，所以收效甚少。我且擬幾條翻譯西洋文學名著的辦法如下：

㈠**只譯名家著作，不譯第二流以下的著作**　我以爲國內眞懂得西洋文學的學者應該開一會議，公共選定若干種不可不譯的第一流文學名著：約數如一百種長篇小說，五百篇短篇小說，三百種戲劇，五十家散文，爲第一部「西洋文學叢書」，期五年譯完，再選第二部。譯成之稿，由這幾位學者審查，並一一爲作長序及著者略傳，然後付印；其第二流以下，如哈葛得之流，一概不選。詩歌一類，不易翻譯，只可從緩。

㈡**全用白話韻文之戲曲，也都譯爲白話散文**　用古文譯書，必失原文的好處。如林琴南的「其女珠，其母下之」，早成笑柄，且不必論。前天看見一部偵探小說《圓室案》中，寫一位偵探「勃然大怒，拂袖而起」。不知道這位偵探穿的是不是康橋大學的廣袖制服！——這樣譯書，不如不譯。又如林琴南把莎士比亞的戲曲，譯成了記敘體的古文！這眞是莎士比亞的大罪人，罪在《圓室案》譯者之上！

㈢**創造**　上面所說工具與方法兩項，都只是創造新文學的預備。工具用得純熟自然了，方法也懂了，方才可以創造中國的新文學。至於創造新文學是怎樣一回事，我可不配開口了。我以爲現在的中國，還沒有做到實行預備創造新文學的地步，儘可不必空談創造的方法和創造的手段，我們現在且先去努力做那第一第二兩步預備的工夫罷！

民國七年四月

《嘗試集》自序

我這三年以來作的白話詩若干首，分做兩集，總名爲《嘗試集》。民國六年九月我到北京以前的詩爲第一集，以後的詩爲第二集。民國五年七月以前，我在美國作的文言詩詞刪剩若干首，合爲《去國集》，印在後面作一個附錄。

我的朋友錢玄同曾替《嘗試集》作了一篇長序，把應該用白話作文章的道理說得很痛快透切。我現在自己作序，只說我爲什麼要用白話來作詩。這一段故事，可以算是《嘗試集》產生的歷史，可以算是我個人主張文學革命的小史。

我作白話文字，起於民國紀元前六年（丙午），那時我替上海《競業旬報》作了半部章回小說，和一些論文，都是用白話作的。到了第二年（丁未），我因腳氣病，出學堂養病。病中無事，我天天讀古詩，從蘇武、李陵直到元好問，單讀古體詩，不讀律詩。那一年我也作了幾篇詩，內中有一篇五百六十字的〈游萬國賽珍會〉，和一篇近三百字的〈棄父行〉；以後我常常作詩，到我往美國時，已作了兩百多首詩了。我先前不作律詩，因爲我少時不曾學對對子，心裏總覺得律詩難作。後來偶然作了一些律詩，覺得律詩原來是最容易作的玩意兒，用來作應酬朋友的詩，再方便也沒有了。我初作詩，人都說我像白居易一派。後來我因爲要學時髦，也做一番研究杜甫的工夫。但是我讀杜詩，只讀〈石壕吏〉、〈自京赴奉先詠懷〉一類的詩，律詩中五律我極愛讀，七律中最討厭〈秋興〉一類的詩，常說這些詩文法不通，只有一點空架子。

自民國前六、七年到民國前二年（庚戌），可算是一個時代。這個時代已有不滿意於當時舊文學的趨向了。我近來在一本舊筆記裏（名《自勝生隨筆》，是丁未年記的）翻出這幾條論詩的話：

作詩必使老嫗聽解，固不可；然必使士大夫讀而不能解，亦何故耶？（錄《麓堂詩話》）

東坡云，「詩須有為而作」。元遺山云，「縱橫正有淩雲筆，俯仰隨人亦可憐。」（錄《南濠詩話》）

這兩條都有密圈，也可見我十六歲時論詩的旨趣了。

民國前二年，我往美國留學。初去的兩年，作詩不過兩三首，民國成立後，任叔永（鴻雋）、楊杏佛（銓）同來綺色佳（Ithaca），有了作詩的伴當了。集中〈文學篇〉所說：

明年任與楊，遠道來就我。山城風雪夜，枯坐殊未可。
烹茶更賦詩，有倡還須和。詩爐久灰冷，從此生新火。

都是實在情形。在綺色佳五年，我雖不專治文學，但也頗讀了一些西方文學書籍，無形之中總受了不少的影響，所以我那幾年的詩，膽子已大得多。《去國集》裏的〈耶穌誕節歌〉和〈久雪後大風作歌〉都帶有試驗意味。後來作〈自殺篇〉，完全用分段作法，試驗的態度更顯明了。《藏暉室劄記》第三冊有跋〈自殺篇〉一段，說：

……吾國作詩每不重言外之意，故說理之作極少。求一撲蒲（Pope）已不可多得，何況華茨活（Wordsworth）、貴推（Goethe）與白朗吟（Browning）矣。此篇以吾所持樂觀主義入詩。全篇為說理之作，雖不能佳，然途徑具在。他日多作之，或有進境耳。（民國三年七月七日）

又跋云：

吾近來作詩，頗能不依人蹊徑，亦不專學一家。命意固無從模仿，即字句形式亦不為古人成法所拘，蓋頗能獨立矣。（七月八日）

民國四年八月，我作一文論〈如何可使吾國文言易於教授〉。文中列舉方法幾條，還不曾主張用白話代文言。但那時我已明言「文言是半死之文字，不當以教活文字之法教之」。又說：「活文字者，日用語言之文字，如英法文是也；如吾國之白話是也。死文字者，如希臘拉丁，非日用之語言，已陳死矣。半死文字者，以其中尚有日用之分子在也。如犬字是已死之字，狗字是活字，乘馬是死語，騎馬是活語。故曰半死文字也」。（《劄記》第九冊）

四年九月十七夜，我因爲自己要到紐約進哥倫比亞大學，梅覲莊（光迪）要到康橋進哈佛大學，故作一首長詩送覲莊。詩中有一段說：

梅君梅君毋自鄙！神州文學久枯餒，百年未有健者起，新潮之來不可止，文學革命其時矣！

吾輩勢不容坐視，且復號召二三子，革命軍前杖馬箠，鞭笞驅除一車鬼，再拜迎入新世紀！以此報國未云菲，縮地戡天差可儗。梅君梅君毋自鄙！

原詩共四百二十字，全篇用了十一個外國字的譯音。不料這十一個外國字就惹出了幾年的筆戰！任叔永把這些外國字連綴起來，作了一首遊戲詩送我：

牛敦愛迭孫；培根客爾文；
索虜與霍桑，「煙士披里純」：
鞭笞一車鬼，為君生瓊英。

文學今革命，作歌送胡生。

我接到這詩，在火車上依韻和了一首，寄給叔永諸人：

詩國革命何自始？要須作詩如作文。琢鏤粉飾喪元氣，貌似未必詩之純。
小人行文頗大膽，諸公一一皆人英。願共戮力莫相笑，我輩不作腐儒生。

梅覲莊誤會我「作詩如作文」的意思，寫信來辯論。他說：

……詩文截然兩途。詩之文字與文之文字，自有詩文以來，無論中西，已分道而馳。……足下為詩界革命家，改良詩之文字則可；若僅移文之文字於詩，即謂之革命，謂之改良，則不可也。……以其太易易也。

這封信逼我把詩界革命的方法表示出來。我的答書不曾留稿。今抄〈答叔永書〉一段如下：

適以為今日欲救舊文學之弊，先從滌除「文勝」之弊入手。今人之詩徒有鏗鏘之韻，貌似之辭耳。其中實無物可言。其病根在於重形式而去精神，在於以文勝質。詩界革命當從三事入手：第一，須言之有物；第二，須講求文法；第三，當用「文之文字」時，不可故意避之。三者皆以質救文之弊也。……覲莊所論「詩之文字」與「文之文字」之別，亦不盡當。即如白香山詩，「城云臣按六典書，任土貢有不貢無，道州水土所生者，只有矮民無矮奴！」李義山詩，「公之斯文若元氣，先時已入人肝脾。」……此諸例所用文字，是「詩之文字」乎？抑「文之文字」乎？又如適贈足下詩，「國事今成遍體瘡，治頭治腳俱所急。」此中字字皆覲莊所謂「文之文字」。……可知「詩之文字」原不異「文之文字」，正如詩之文法原不異文之文法也。（五年二月二日）

「詩之文字」一個問題也是很重要的問題，因爲有許多人只認風花雪月，蛾眉、朱顏、銀漢、玉容，等字是「詩之文字」，作成的詩讀起來字字是詩！仔細分析起來，一點意思也沒有。所以我主張用樸實無華的白描工夫，如白居易的〈道州民〉，如黃庭堅的〈題蓮華寺〉，如杜甫的〈自京赴奉先詠懷〉。這類的詩，詩味在骨子裏，在質不在文！沒有骨子的濫調詩人決不能作這類的詩。所以我的第一條件便是「言之有物」。因爲注重之點在言中的「物」，故不問所用的文字是詩的文字還是文的文字。覲莊認做「僅移文之文字於詩」所以錯了。

這一次的爭論是民國四年到五年春間的事。那時影響我個人最大的，就是我平常所說的「歷史的文學進化觀念」。這個觀念是我的文學革命論的基本理論。《劄記》第十冊有五年四月五日夜所記一段如下：

> 文學革命，在吾國史上非創見也。即以韻文而論，三百篇變而為騷，一大革命也。又變為五言七言，二大革命也。賦變而為無韻之駢文，古詩變而為律詩，三大革命也。詩之變而為詞，四大革命也。詞之變而為曲，為劇本，五大革命也。何獨於吾所持文學革命論而疑之？文亦遭幾許革命矣。自孔子至於秦、漢，中國文體始臻完備。六朝之文……亦有可觀者。然其時駢儷之體大盛，文以工巧雕琢見長，文法遂衰。韓退之所以稱「文起八代之衰」者，其功在於恢復散文，講求文法。此一革命也。……宋人談哲理者，深悟古文之不適於用，於是語錄體興焉。語錄體者，禪門所嘗用，以俚語說理紀言。……此亦一大革命也。至元人之小說，此體始臻極盛。……總之文學革命至元代而極盛。其時之詞也，曲也，小說也，皆第一流之文學，而皆以俚語為之。其時吾國真可謂有一種「活文學」出現。儻此革命潮流（革命潮流，即天演進化之跡。自其異者言之，謂之革命；自其循序漸進之跡言之，即謂之進化可也）。不遭明代八股之劫，不遭前後七子復古之劫，則吾國之文學已成俚語的文學；而吾國之語言早成為言文一致之語言，可無疑也。但丁之創意大利文學，趙叟輩之創英文學，路德之創德文學，未足獨有千古矣。惜乎，五百餘年來，半死之古文，半死之詩詞，復奪此「活文學」之席，而「半死文學」遂苟延殘喘以至於今日。……文學革命何可更緩耶！何可更緩耶！

過了幾天，我填了一首「沁園春」詞，題目就叫做〈誓詩〉，其實是一篇文學革命宣言書：

更不傷春，更不悲秋，以此誓詩。任花開也好，花飛也好；月圓固好，日落何悲！我聞之曰，「從天而頌，孰與制天而用之？」更安用為蒼天歌哭，作彼奴為！文章革命何疑？且準備搴旗作健兒。要前空千古，下開百世；收他臭腐，還我神奇！為大中華，造新文學，此業吾曹欲讓誰？詩材料，有簇新世界，供我驅馳！（四月十三日）

這首詞上半所攻擊的是中國文學「無病而呻」的惡習慣。我是主張樂觀，主張進取的人，故極力攻擊這種卑弱的根性。下半首是《去國集》的尾聲，是《嘗試集》的先聲。

以下要說發生《嘗試集》的近因了。

五年七月十二日，任叔永寄我一首〈泛湖即事〉詩。這首詩裏有「言櫂輕楫，以滌煩痾」，和「猜謎賭勝，載笑載言」等句，我回他的信說：

……詩中「言櫂輕楫」之言字及「載笑載言」之載字，皆係死字。又如「猜謎賭勝，載笑載言」兩句，上句為二十世紀之活字，下句為三千年前之死句，殊不相稱也。（七月十六日）

不料這幾句話觸怒了一位旁觀的朋友。那時梅覲莊在綺色佳過夏，見了我給叔永的信，他寫信來痛駁我道：

> 足下所自矜為文學革命真諦者，不外乎用「活字」以入文；於叔永詩中，稍古之字，皆所不取，以為非「二十世紀之活字」。……夫文字革新須洗去舊日腔套，務去陳言，固矣。然此非盡屏古人所用之字，而另以俗語白話代之之謂也。……足下以俗語白話為向來文學上不用之字，驟以入文，似覺新奇而美，實則無永久價值。因其向未經美術家鍛鍊，徒諉諸愚夫愚婦無美術觀念者之口，歷世相傳，愈趨愈下，鄙俚乃不可言。足下得之，乃矜矜自喜，炫為創獲，異矣。如足下之言，則人間材智，選擇，教育，諸事皆無足算，而村農傖父皆足為詩人美術家矣。甚至非洲黑蠻，南洋土人，其言文無分者，最有詩人美術家之資格矣。
>
> 至於無所謂「活文學」，亦與足下前此言之。……文字者，世界上最守舊之物也。……足下乃視改革文字如是之易乎？……

覲莊這封信不但完全誤解我的主張，並且說了一些沒有道理的話，故我作了一首一千多字的白話遊戲詩答他。這首詩雖是遊戲詩，也有幾段莊重的議論。如第二段說：

文字沒有雅俗，卻有死活可道。
古人叫做欲，今人叫做要；
古人叫做至，今人叫做到；
古人叫做溺，今人叫做尿；
本來同是一字，聲音少許變了。
並無雅俗可言，何必紛紛胡鬧？
至於古人叫字，今人叫號；古人懸樑，今人上吊；
古名雖未必不佳，今名又何嘗不妙？
至於古人乘輿，今人坐轎；古人加冠束幘，今人但知戴帽；
若必叫帽作巾，叫轎作輿，豈非張冠李戴，認虎作豹？

又如第五段說：

今我苦口曉舌，算來卻是為何？
正要求今日的文學大家，
把那些活潑潑的白話，拿來鍛鍊，拿來琢磨，拿來作文演說，作曲作歌：——
出幾個白話的囂俄，和幾個白話的東坡，

那不是「活文學」是什麼？
那不是「活文學」是什麼？

這一段全是後來用白話作實地試驗的意思。

這首白話遊戲詩是五年七月二十二日作的，一半是朋友遊戲，一半是有意試作白話詩。不料梅、任兩位都大不以爲然。覲莊來信大罵我，他說：

> 讀大作如兒時聽蓮花落，真所謂革盡古今中外人之命者。足下誠豪健哉！蓋今之西洋詩界，若足下之張革命旗者，亦數見不鮮。最著者有所謂Futurism，Imagism，Free Verse，及各種Decadent movements in Literature and in Arts。大約皆足下俗話詩之流亞，皆喜以「前無古人後無來者」自豪；皆喜詭立名字，號召徒眾，以眩世人之耳目，而已則從中得名士頭銜以去焉。

信尾又有兩段添入的話：

> 文章體裁不同。小說詞曲固可用白話，詩文則不可。今之歐美狂瀾橫流，所謂「新潮流」「新潮流」者，耳已聞之熟矣。誠望足下勿剽竊此種不值錢之新潮流以哄國人也。

（七月二十四日）

這封信頗使我不心服，因爲我主張的文學革命，只是就中國今日文學的現狀立論；和歐美的文學新潮流並沒有關係；有時借鏡於西洋文學史也不過舉出三四百年前歐洲各國產生「國語的文學」的歷史，因爲中國今日國語文學的需要很像歐洲當日的情形，我們研究他們的成績，也許使我們減少一點守舊性，增添一點勇氣。覲莊硬派我一個「剽竊此種不值錢之新潮流以哄國人」的罪名，我如何能心服呢？

叔永來信說：

足下此次試驗之結果，乃完全失敗是也。……要之，白話自有白話用處（如作小說演說等），然不能用之於詩。如凡白話皆可為詩，則吾國之京調，高腔，何一非詩？烏乎適之！吾人今日言文學革命，乃誠見今日文學有不可不改革之處，非特文言白話之爭而已。吾嘗默省吾國今日文學界，即以詩論，其老者，如鄭蘇龕、陳伯嚴輩，其人頭腦已死，只可讓其與古人同朽腐。其幼者，如南社一流人，淫濫委瑣，亦去文學千里而遙。曠觀國內，如吾儕欲以文學自命者，舍自倡一種高美芳潔之文學，更無吾儕側身之地。以足下高才有為，何為舍大道不由，而必旁逸斜出，植美卉於荊棘之中哉？……唯以此（白話）作詩，則僕期期以為不可。……今且假令足下之文學革命成功，將令吾國作詩者

皆高腔京調，而陶謝李杜之流，將永不復見於神州，則足下之功又何若哉？……（七月二十四夜）

覲莊說，「小說詞曲固可用白話，詩文則不可」。叔永說，「白話自有白話用處（如作小說演說等），然不能用之於詩」，這是我最不承認的。我答叔永信中說：

……白話入詩，古人用之者多矣。（此下舉放翁詩及山谷、稼軒詞為例），……總之，白話之能不能作詩，此一問題全待吾輩解決。解決之法，不在乞憐古人，謂古之所無，今必不可有，而在吾輩實地試驗。一次「完全失敗」，何妨再來？若一次失敗，便「期期以為不可」，此豈科學的精神所許乎？

這一段乃是我的「文學的實驗主義」。我三年來所做的文學事業只不過是實行這個主義。答叔永書很長，我且再抄一段：

……今且用足下之字句以述吾夢想中之文學革命曰：

一、文學革命的手段：要令國中之陶謝李杜皆敢用白話京調高腔作詩；要令國中之陶謝李杜皆能用白話京調高腔作詩。

二、文學革命的目的：要令白話京調高腔之中產出幾許陶謝李杜。

三、今日決用不著「陶謝李杜的」陶謝李杜。若陶謝李杜生於今日仍作陶謝李杜當日之詩，則決不能更有當日的價值與影響。何也？時代不同也。

四、吾輩生於今日，與其作不能行遠不能普及的五經兩漢六朝八家文字，不如作家喻戶曉的《水滸》、《西遊》文字。與其作似陶似謝似李似杜的詩，不如作不似陶謝不似李杜的白話詩。與其作一個學這個學那個的鄭蘇龕陳伯嚴，不如作一個實地試驗「旁逸斜出」，「舍大道而弗由」的胡適之。

……吾志決矣，吾自此以後，不更作文言詩詞。……（七月二十六日）

這是第一次宣言不作文言詩詞。過了幾天，我再答叔永道：

……古人說，「工欲善其事，必先利其器。」文字者，文學之器也。我私心以為文言決不足為吾國將來文學之利器。施耐庵、曹雪芹諸人已實地證明作小說之利器在於白話。今尚需人實地試驗白話是否可為韻文之利器耳。……我自信頗能用白話作散文，但尚未能用之於韻文。私心頗欲以數年之力實地練習之。倘數年之後，竟能用文言白話作文作詩，無不隨心所欲，豈非一大快事？我此時練習白話韻文，頗似新闢一文學殖民地。可惜須單身匹馬而往，不能多得同志，結伴同行。然吾去志已決。公等假我數年之期。倘此新國盡是沙磧不毛之地，則我或終歸老於「文言詩國」亦未可知。儻幸而有成，則闢除荊棘之後，當開放門户，迎公等同來蒞止耳！「狂言人道臣當烹。我自不吐定不快，人言未足為重輕。」足下定笑我狂耳。……（八月四日）

這時我已開始作白話詩。詩還不曾作得幾首，詩集的名字已定下了，那時我想起陸游有一句詩：「嘗試成功自古無！」我覺得這個意思恰和我的實驗主義反對，故用「嘗試」兩字作我的白話詩集的名字，要看「嘗試」究竟是否可以成功。那時我已打定主意，努力作白話詩的試驗；心裏只有一點痛苦，就是同志太少了，「須單身匹馬而往」，我平時所最敬愛的一班朋友都不肯和我同去探險。但是我若沒有這一班朋友和我打筆墨官司，我也決不會有這樣的嘗試決心。莊子說得好：「彼出於是，是亦因彼。」我至今回想當時和那班朋友，一日一郵片，三日一長函的樂趣，覺得那眞是人生最不容易有的幸福。我對於文學革命的一切見解，所以能結晶成一種有系統的主張，全都是同這一班朋友切磋討論的結果。五年八月十九日我寫信答朱經農（經）中有一段說：

新文學之要點，約有八事：

一、不用典，

二、不用陳套語，

三、不講對仗，

四、不避俗字俗話，

五、須講求文法。以上為形式的一方面。

六、不作無病之呻吟，

七、不模仿古人，須語語有個我在，

八、須言之有物。以上為精神（內容）的一方面。

這八條，後來成爲一篇〈文學改良芻議〉（《新青年》第二卷第五號，六年一月一日出版），即此一端，便可見朋友討論的益處了。

我的《嘗試集》起於民國五年七月，到民國六年九月我到北京時，已成一小冊子了，這一年之中，白話詩的試驗室裏只有我一個人。因爲沒有積極的幫助，故這一年的詩，無論怎樣大膽，終不能跳出舊詩的範圍。

我初回國時，我的朋友錢玄同說我的詩詞「未能脫盡文言窠臼」，又說「嫌太文了！」美洲的朋友嫌「太俗」的詩，北京的朋友嫌「太文」了！這話我初聽了很覺得奇怪。後來平心一想，這話眞是不錯。我在美洲作的《嘗試集》，實在不過是能勉強實行了〈文學改良芻議〉裏面的八個條件：實在不過是一些刷洗過的舊詩！這些詩的大缺點就是仍舊用五言七言的句法。句法太整齊了，就不合語言的自然，不能不有截長補短的毛病，不能不時時犧牲白話的字和白話的文法，來遷就五七言的句法。音節一層，也受很大的影響：第一，整齊劃一的音節沒有變化，實在無味；第二，沒有自然的音節，不能跟著詩料隨時變化。因此，我到北京以後所作的詩，認定一個主義：若要作眞正的白話詩，若要充分採用白話的字，白話的文法和白話的自然音節，非作長短不一的白話詩不可。這種主張，可叫做「詩體的大解放」。詩體的大解放就是把從前一切束縛自由的枷鎖鐐銬，一齊打破：有什麼話，說什麼話；話怎麼說，就怎麼說。這樣方才可有眞正白話詩，方才可以表現白話的文學可能性。《嘗試集》第二編中的詩雖不能處處做到這個理想的目的，但大致都想朝著這個目的做去。這是第二集和第一集的不同之處。

以上說《嘗試集》發生的歷史。現在且說我爲什麼趕緊印行這本白話詩集。我的第一個理由是因爲這一年以來白話散文雖然傳播得很快很遠，但是大多數的人對於白話詩仍舊很懷疑；還有許多人不但懷疑，簡直持反對的態度。因此，我覺得這個時候有一兩種白話韻文的集子出來，也許可以引起一般人的注意，也許可以供贊成和反對的人作一種參考的材料。第二，我實地試驗白話詩已經三年了，我很想把這三年試驗的結果供獻給國內的文人，作爲我的試驗報告。我很盼望有人把我試驗的結果，仔細研究一番，加上平心靜氣的批評，使我也可以知道這種試驗究竟有沒有成績，用的試驗方法，究竟有沒有錯誤。第三，不論試驗的成績如何，我覺得我的《嘗試集》至少有一件事可以供獻給大家的。這一件可供獻的事就是這本詩所代表的「實驗的精神」。我們這一班人的文學革命論所以同別人不同，全在這一點試驗的態度。

近來稍稍明白事理的人，都覺得中國文學有改革的必要。即如我的朋友任叔永他也說：

「烏乎！適之！吾人今日言文學革命，乃誠見今日文學有不可不改革之處，非特文言白話之爭而已。」甚至於南社的柳亞子也要高談文學革命。但是他們的文學革命論只提出一種空蕩蕩的目的，不能有一種具體進行的計畫。他們都說文學革命決不是形式上的革命，決不是文言白話的問題。等到人問他們所主張的革命「大道」是什麼，他們可回答不出了。這種沒有具體計畫的革命，——無論是政治的是文學的——決不能發生什麼效果。我們認定文字是文學的基礎，故文學革命的第一步就是文字問題的解決。我們認定「死文字定不能產生活文學」，故我們主張若要造一種活的文學，必須用白話來做文學的工具。我們也知道單有白話未必就能造出新文學；我們也知道新文學必須要有新思想做裏子。但是我們認定文學革命須有先後的程式：先要做到文字體裁的大解放，方才可以用來做新思想新精神的運輸品。我們認定白話實在有文學的可能，實在是新文學的唯一利器。但是國內大多數人都不肯承認這話，——他們最不肯承認的，就是白話可作韻文的唯一利器。我們對於這種懷疑，這種反對，沒有別的法子可以對付，只有一個法子，就是科學家的試驗方法。科學家遇著一個未經實地證明的理論，只可認他做一個假設；須等到實地試驗之後，方才用試驗的結果來批評那個假設的價值。我們主張白話可以作詩，因爲未經大家承認，只可說是一個假設的理論。我們這三年來，只是想把這個假設用來做種種實地試驗，——作五言詩，作七言詩，作嚴格的詞，作極不整齊的長短句；作有韻詩，作無韻詩，做種種音節上的試驗，——要看白話是不是可以作好詩，要看白話詩是不是比文言詩要更好一點。這是我們這班白話詩人的「實驗的精神」。

我這本集子裏的詩，不問詩的價值如何，總都可以代表這點實驗的精神。這兩年來，北京有我的朋友沈尹默、劉半農、周豫才、周啟明、傅斯年、俞平伯、康白情諸位，美國有陳衡哲女士，都努力作白話詩。白話詩的試驗室裏的試驗家漸漸多起來了。但是大多數的文人仍舊不敢輕易「嘗試」。他們永不來嘗試嘗試，如何能判斷白話詩的問題呢？耶穌說得好：「收穫是很好的，可惜做工的人太少了。」所以我大膽把這本《嘗試集》印出來，要想把這本集子所代表的「實驗的精神」貢獻給全國的文人，請他們大家都來嘗試嘗試。

我且引我的〈嘗試篇〉作這篇長序的結論：

「嘗試成功自古無！」放翁這話未必是。我今為下一轉語：「自古成功在嘗試！」請看藥聖嘗百草，嘗了一味又一味。又如名醫試丹藥，何嫌六百零六次？莫想小試便成功，那有這樣容易事！有時試到千百回，始知前功盡拋棄。即使如此已無愧，即此失敗便足記。告人「此路不通行」，可使腳力莫枉費。

我生求師二十年，今得「嘗試」兩個字。作詩做事要如此，雖未能到頗有志。作「嘗試歌」頌吾師，願大家都來嘗試！

民國八年八月一日

國語的進化

一

現在國語的運動總算傳播得很快很遠了。但是全國的人對於國語的價值，還不曾有明瞭正確的見解。最錯誤的見解就是誤認白話為古文的退化。這種見解是最危險的阻力。為什麼呢。因為我們既認某種制度文物為退化，決沒有還肯採用那種制度文物的道理。如果白話眞是古文的退化，我們就該仍舊用古文，不該用這退化的白話。所以這個問題——「白話是古文的進化呢？還是古文的退化呢？」——是國語運動的生死關頭，這個問題不能解決，國語文與國語文學的價值便不能確定。這是我所以要做這篇文章的理由。

我且先引那些誤認白話為文言的退化的人的議論。近來有一班留學生出了一種週刊，第一期便登出某君的一篇〈平新舊文學之爭〉。這篇文章的根本主張，我不願意討論，因為這兩年的雜誌報紙上早已有許多人討論過了。我只引他論白話退化的一段：

「以吾國現今之文言與白話較，其優美之度相差甚遠。常謂吾國文字至今日雖未甚進化，亦未大退化，若白話則反是。蓋數千年來，國內聰明才智之士雖未嘗致力於他途，對於文字卻尚孳孳研究，未嘗或輟。至於白話，則語言一科不講者久；其鄉曲愚夫，閭巷婦稚，讕言俚語，粗鄙不堪入耳者，無論矣；即在士夫，其執筆為文亦尚雅潔可觀，而聽其出言則鄙俗可噱，不識者幾不辨其為斯文中人。……以是入文，不惟將文學價值掃地以盡，且將為各國所非笑。」

這一段說文言「雖未甚進化，亦未大退化」，白話卻大退化了。

我再引孫中山先生的《孫文學說》第一卷第三章的一段：

「中國文言殊非一致。文字之源本出於言語，而言語每隨時代以變遷，至於為文雖亦有古今之殊，要不能隨言語而俱化。……始所歧者甚僅，而分道各馳，久且相距越遠。顧言語有變遷而無進化，而文字則雖仍古昔，其使用之技術實日見精研。所以中國言語為世界中之粗劣者，往往文字可達之意，言語不得而傳。是則中國人非不善為文而拙於用語者也。亦惟文字可傳久遠，故古人所作，模仿匪難；至於言語，非無傑出之士妙於修辭，而流風餘韻無所寄託，隨時代而俱湮，故學者無所繼承。然則文字有進化而語言轉見退步者，非無故矣。抑歐洲文字基於音韻，音韻即表言語；言語有變，文字即可隨之。中華製字以象形會意為主，所以言語雖殊而文字不能與之俱變。要之，此不過為言語之不進步，而中國人民非有所闕於文字，歷代能文之士其所創作突過外人，則公論所歸也。蓋中國文字成為一種美術，能文者直美術專門名家，既有天才，復以其終身之精力赴之，其造詣自不易及。……」

孫先生直說「文字有進化，而語言轉見退步。」他的理由大致也與某君相同。某君說文言因爲有許多文人專心研究，故不曾退步；白話因爲沒有學者研究，故退步了。孫先生也說文言所以進步，全靠文學專家的終身研究。他又說，中國文字是象形會意的，沒有字母的幫助，故可以傳授古人的文章，但不能紀載那隨時代變遷的言語；語言但有變遷，沒有進化；文字雖沒有變遷但用法更「精研」了。

我對於孫先生的《孫文學說》曾有很歡迎的介紹（《每週評論》第三十一號），但是我對於這一段議論不能不下一點批評。因爲孫先生說的話未免太籠統了，不像是細心研究的結果。即如他說「言語有變遷而無進化」，試問他可曾研究言語的「變遷」是朝什麼方向變的？這種「變遷」何以不能說是「進化」？試問我們該用什麼標準來定那一種「變遷」爲「進化的」，那一種「變遷」爲「無進化的」？若不曾細心研究古文變爲白話的歷史。若不知道古文和白話不同之點究竟在什麼地方，若不先定一個「進化」「退化」的標準，請問我們如何可說白話有變遷而無進化呢？如何可說「文字有進化而語言轉見退步」呢？

某君用的標準是「優美」和「鄙俗」。文言是「優美」的，故不曾退化；白話是「鄙俗可噓」的，故退化了。但我請問，我們又拿什麼標準來分別「優美」與「鄙俗」呢？某君說，「即在士夫，其執筆爲文亦尙雅潔可觀，而聽其出言則鄙俗可噓，不識者幾不辨其爲斯文中人。」請問「斯文中人」的話又應該是怎樣說法？難道我們都該把我字改作予字，他字改作其字，滿口「雅潔可觀」的之乎者也，方才可算作「優美」嗎？「夢爲遠別啼難喚，書被催成墨未濃」固可算是美。「衣裳已施行看盡，針線猶存未忍開」又何嘗不美？「別時言語在心頭，那一句依他到底？」完全是白話又何嘗不美？《晉書》說王衍少時，山濤稱讚他道，「何物老嫗，生寧馨兒！」後來不通的文人把「寧馨」當作一個古典用，以爲很「雅」，很「美」。其實「寧馨」即是現在蘇州、上海人的「那哼」。但是這班不通的文人一定說「那哼」就「鄙俗可噓」了！〈王衍傳〉又說王衍的妻郭氏把錢圍繞床下，衍早晨起來見錢，對婢女說，「舉阿堵物去」。後來的不通的文人又把「阿堵物」用作一個古典，以爲很「雅」，很「美」。其實「阿堵」即是蘇州人說的「阿篤」，官話說的「那個」「那些」。但是這班不通文人一定說「阿篤」「那個」「那些」都是「鄙俗可噓」了！

所以我說，「優美」還須要一個標準，「鄙俗」也須要一個標準。某君自己做的文言未必盡「優美」，我們做的白話未必盡「鄙俗可噓」。拿那沒有標準的「優美」「鄙俗」來定白話的進化退化，便是籠統，便是糊塗。

某君和孫先生都說古文因爲有許多文人終身研究，故不曾退化。反過來說，白話因爲文人都不注意，全靠那些「鄉曲愚夫，閭巷婦稚」自由改變，所以漸漸退步，變成「粗鄙不堪入耳」的俗話了。這種見解是根本錯誤的。稍稍研究言語學的人都該知道：文學家的文學只可定一時的標準，決不能定百世的標準；若推崇一個時代的文學太過了，奉為永久的標準，那就一定要阻礙文字的進化；進化的生機被一個時代的標準阻礙住了，那種文字就漸漸乾枯，變成死文字或半死的文字；文字枯死了，幸虧那些「鄉曲愚夫，閭巷婦稚」的白話還不曾死，仍舊隨時變遷：變遷便是活的表示，不變遷便是死的表示。稍稍研究言語學的人都該知道：一種文字枯死或痲木之後，一線生機全在那些「鄉曲愚夫，閭巷婦稚」的白話；白話的變遷，因為不受那些「斯文中人」的干涉，故非常自由；但是自由之中，卻有個條理次序可尋；表面上很像沒有道理，其實仔細研究起來，都是有理由的變遷：都是改良，都是進化！

簡單一句話，一個時代的大文學家至多只能把那個時代的現成語言，結晶成文學的著作；他們只能把那個時代的語言的進步，作一個小小的結束，他們是語言進步的產兒，並不是語言進步的原動力；有時他們的勢力還能阻礙文字的自由發達。至於民間日用的白話，正因為文人學者不去干涉，故反能自由變遷，自由進化。

二

本篇的宗旨只是要證明上節末段所說的話，要證明白話的變遷並非退步，乃是進化。立論之前，我們應該定一個標準，怎樣變遷才算是進化？怎樣變遷才算是退步？這個問題太大，我們不能詳細討論，現在只能簡單說個大概。

一切器物制度都是應用的。因爲有某種需要，故發明某種器物，故創造某種制度。應用的能力增加，便是進步；應用的能力減少，便是退步。例如車船兩物都是應付人類交通運輸的需要的。路狹的地方有單輪的小車，路闊的地方有雙輪的騾車；內河有小船，江海有大船。後來陸地交通有了人力車，馬車，火車，汽車，電車，水路交通有了汽船，人類的交通運輸更方便了，更穩當了，更快捷了。我們說小車騾車變爲汽車火車電車是大進步，帆船划船變爲汽船也是大進步，都只是因爲應用的能力增加了。一切器物制度都是如此。

語言文字也是應用的。語言文字的用處極多，簡單說來，一、是表情達意，二、是紀載人類生活的過去經驗，三、是教育的工具，四、是人類共同生活的唯一媒介物。我們研究語言文字的退化進化，應該根據這種用處，定一個標準：「表情達意的能力增加嗎？紀載人類經驗更正確明白嗎？還可以做教育的利器嗎？還可以作共同生活的媒介物嗎？」這幾種用處增加了，便是進步；減少了，便是退化。

現在先泛論中國文言的退化。

一、文言達意表情的功用久已減少至很低的程度了。禪門的語錄，宋明理學家的語錄，宋元以來的小說，——這種白話文學的發生便是文言久已不能達意表情的鐵證。

二、至於紀載過去的經驗，文言更不夠用。文言的史書傳記只能記一點極簡略極不完備的大概。為什麼只能記一點大概呢？因為文言自身本太簡單了，太不完備了，決不能有詳細寫實的紀載，只好借「古文義法」做一個護短的託詞。我們若要知道某個時代的社會生活的詳細記載，只好向《紅樓夢》和《儒林外史》一類的書裏尋去。

三、至於教育一層，這二十年的教育經驗更可以證明文言的絕對不夠用了。二十年前，教育是極少數人的特殊權利，故文言的缺點還不大覺得。二十年來，教育變成了人人的權利，變成了人人的義務，故文言的不夠用，漸漸成為全國教育界公認的常識。今年全國教育會的國語教科書的議案，便是這種公認的表示。

四、至於作社會共同生活的媒介物，文言更不中用了。從前官府的告示，「聖諭廣訓」一類的訓諭，為什麼要用白話呢？不是因為文言不能使人懂得嗎？現在的闊官僚到會場演說，摸出一篇文言的演說辭，哼了一遍，一個人都聽不懂；明天登在報上，多數人看了還是不懂！再看我們的社會生活，——在學校聽講，教授，演說，命令僕役，叫車子，打電話，談天，辯駁，——那一件是用文言的？我們還是「斯文中人」，尚且不能用文言作共同生活的媒介，何況大多數的平民呢？

以上說語言文字的四種用處，文言竟沒有一方面不是退化的。上文所說，同時又都可證明白話在這四方面沒有一方面的應用能力不是比文言更大得多。

總括一句話，文言的種種應用能力久已減少到很低的程度，故是退化的；白話的種種應用能力不但不曾減少，反增加發達了，故是進化的。

現在反對白話的人，到了不得已的時候，只好承認白話的用處；於是分出「應用文」與「美文」兩種，以爲「應用文」可用白話，但是「美文」還應該用文言。這種區別含有兩層意義。第一，他承認白話的應用能力，但不承認白話可以作「美文」。白話不能作「美文」，是我們不能承認的。但是這個問題和本文無關，姑且不談。第二，他承認文言沒有應用的能力，只可以拿來做無用的美文。即此一端，便是古文報喪的訃聞，便是古文死刑判決書的主文！天下的器物制度決沒有無用的進化，也決沒有有用處更大的退化！

三

上節說文言的退化和白話的進化，都是泛論的。現在我要說明白話的應用能力是怎樣增加的，——就是要說明白話怎樣進化。上文我曾說：「白話的變遷，因爲不受文人的干涉，故非常自由；但是自由之中卻有個條理次序可尋；表面上很像沒有道理，其實仔細研究起來都是有理由的變遷：都是改良，都是進化！」本節所說，只是要證明這一段話。

從古代的文言，變爲近代的白話，這一大段歷史有兩個大方向可以看得出。一、該變繁的都漸漸變繁了。二、該變簡的都變簡了。

一、該變繁的都變繁了　變繁的例很多，我只能舉出幾條重要的趨向。

第一，單音字變爲複音字。中國文中，同音的字太多了，故容易混亂。古代的字的尾音除了韻母之外還有p, k, t, m, n, ng, h，等等，故區別還不很難；後來只剩得韻母和n, ng, h，幾種尾音，便容易彼此互混了。後來「聲母」到處都增加起來，如輕脣重脣的分開，如舌頭舌上的分開，等等，也只是不知不覺的要補救這種容易混亂的缺點。最重要的補救方法還是把單音字變爲複音字。例如師，獅，詩，尸，司，私，思，絲，八個字，有許多地方的人讀成一個音，沒有分別；有些地方的人分作「尸」（師獅詩尸）「厶」（私司思絲）兩個音，也還沒有大分別。但是說話時，這幾個字都變成了複音字：師傅，獅子，死尸，尸首，偏私，私通，職司，思想，蠶絲：故不覺得困難。所以我們可以說，單音字變成複音字，乃是中國語言的一大進化。這種變化的趨勢起得很早，《左傳》裏的議論文已有許多複音字，如「散離我兄弟，撓亂我同盟，傾覆我國家，……傾覆我社稷，帥我蟊賊，以來蕩搖我邊疆。」漢代的文章用複音字更多。可見這種趨勢在古文本身已有了起點，不過還不十分自由發達。白話因爲有會話的需要，故複音字也最多。複音字的造成，約有幾種方法：

(一)同義的字併成一字。例如規矩，法律，刑罰，名字，心思，頭腦，師傅。

(二)本字後加「子」「兒」等語尾。例如兒子，妻子，女子，椅子，桌子；盆兒，瓶兒，……

這種語尾，如英文之let，德文之-chen，lein，最初都有變小和變親熱的意味。

(三)類名上加區別字。例如木匠，石匠；工人，軍人；會館，旅館；學堂，浴室；……

(四)重字。例如太太，奶奶，慢慢，快快，……

(五)其他方法，不能遍舉。

這種變遷有極大的重要。現在的白話所以能應付我們會話講演的需要，所以能做共同生活的媒介物，全靠單音字減少複音字加多。現在注音字母所以能有用，也只是因爲這個緣故。將來中國語言所以能有採用字母的希望，也只是因爲這種緣故。

第二，字數增加。許多反對白話的人都說白話的字不夠用。這話是大錯的。其實白話的字數比文言多的多。我們試拿《紅樓夢》用的字和一部《正續古文辭類纂》用的字相比較，便可知道文言裏的字實在不夠用。我們做大學教授的人，在飯館裏開一個菜單，都開不完全，卻還要說白話字少！這豈不是大笑話嗎？白話裏已寫定的字也就不少了，還有無數沒有寫定的字，將來都可用注音字母寫出來。此外文言裏的字，除了一些完全死了的字之外，都可儘量收入。複音的文言字，如法律，國民，方法，科學，教育，……等字，自不消說了。有許多單音字，如詩，飯，米，茶，水，火，……等字，都是文言白話共同可用的。將來做字典的人，把白話小說裏用的字和各種商業工藝通用的專門術言，搜集起來，再加上文言裏可以收用的字和新學術的術語，一定比文言常用的字要多好幾十倍（文言裏有許多字久已完全無用了，一部《說文》裏可刪的字也不知多少）。

以上舉了兩條由簡變繁的例。變繁的例很多，如動詞的變化，如形容詞和狀詞的增加，……我們不能一一列舉了。章太炎先生說：

> 有農牧之言，有士大夫之言。……而世欲更文籍以從鄙語，冀人人可以理解則文化易流，斯則左矣。今言「道」「義」，其旨固殊也。農牧之言「道」則曰「道理」，其言「義」亦曰「道理」。今言「仁人」「善人」，其旨亦有辨也。農牧之言「仁人」則曰「好人」，其言「善人」亦曰「好人」。更文籍而從之，當何以為別矣？夫里閭恆言，大體不具；以是教授，是使真意譌殺，安得理解也？（《章氏叢書》「檢論」五）

這話也不是細心研究的結果。文言裏有許多字的意思最含混，最紛歧。章先生所舉的「道」「義」等字，便是最普通的例。試問文言中的「道」字有多少種意義？白話用「道」字的許多意義，每個各有分別：例如「道路」「道理」「法子」，等等。「義」字也是如此。白話用「義氣」「意義」「意思」等詞來分別「義」字的許多意義。白話用「道理」來代「義」字時，必是「義不容辭」一類的句子，因爲「義」字這樣用法與「理」字本無分別，故白話也不加分別了。即此一端，可見白話對於文言應該分別的地方，都細細分別；對於文言不必分別的地方，便不分別了。白話用「好人」代「仁人」「善人」，也只是因爲平常人說「仁人君子」本來和「善人」沒有分別。至於儒書裏說的「仁人」，本不是平常人所常見的（如「惟仁人放流之」等例），如何能怪俗話裏沒有這個分別呢？總之，文言有含混的地方，應該細細分別的，白話都細細分別出來，比文言細密得多。章先生所舉的幾個例，不但不能證明白話的「大體不具」，反可以證明白話的變繁變簡都是有理由的進化。

二、該變簡的都變簡了　上文說白話比文言更繁密，更豐富，都是很顯而易見的變遷。如複音字的便利，如字數的加多，都是不能否認的事實。現在我要說文言裏有許多應該變簡的地方，白話裏都變簡了。這種變遷，平常人都不大留意，故不覺得這都是進化的變遷。我且舉幾條最容易明白的例。

第一，文言裏一切無用的區別都廢除了。文言裏有許多極無道理的區別。《說文》豕部說，豕生三月叫做「豯」，一歲叫做「豵」，二歲叫做「豝」，三歲叫做「豣」；又牝豕叫做「豝」，牡豕叫做「豭」。馬部說，馬二歲叫做「駒」，三歲叫做「駣」，八歲叫做「馺」；又馬高六尺爲「驕」，七尺爲「騋」，八尺爲「龍」；牡馬爲「騭」，牝馬爲「騇」。羊部說，牡羊爲「羝」，牝羊爲「牂」；又夏羊牝曰「羭」，夏羊牡曰「羖」。牛部說，二歲牛爲「犕」，三歲牛爲「犙」，四歲牛爲「牭」。這些區別都是沒有用處的區別。當太古畜牧的時代，人同家畜很接近，故有這些繁瑣的區別。後來的人，離開畜牧生活日遠了，誰還能記得這些麻煩的區別？故後來這些字都死去了，只剩得一個「駒」字代一切小馬，一個「羔」字代一切小羊，一個「犢」字代一切小牛。這還是不容易記的區別，所以白話裏又把「駒」「犢」等字廢去了，直用一個「類名加區別字」的普通公式，如「小馬」「小牛」「公豬，母豬」「公牛，母牛」之類，那就更容易記了。三歲的牛直叫做「三歲的牛」，六尺的馬直叫做「六尺的馬」，也是變爲「類名加區別字」的公式。從前要記無數煩難的特別名詞，現在只須記得這一個公式就夠用了。這不是一大進化嗎（這一類的例極多，不能遍舉了）？

第二，繁雜不整齊的文法變化多變爲簡易畫一的變化了。我們可舉代名詞的變化爲例。古代的代名詞很有一些麻煩的變化。例如：

(一)**吾我之別** 「如有復我者，則吾必在汶上矣」。又「如有用我者，吾其為東周乎？」又「今者吾喪我」。可見吾字常用在主格，我字常用在目的格（目的格一名受格《文通》作賓次）。

(二)**爾汝之別** 「……喪爾子，喪爾明，爾罪三也。而曰汝無罪歟？」可見名詞之前的形容代詞（領格，白話的「你的」）應該用「爾」。

(三)**彼之其之別** 上文的兩種區別後來都是漸漸的失掉了。只有第三身的代名詞，在文言裏至今還不曾改變。「之」字必須用在目的格，決不可用在主格。「其」字必須用在領格。

這些區別，在文言裏不但沒有廢除乾淨，並且添上了余，予，儂，卿，伊，渠，……等字，更麻煩了。但是白話把這些無謂的區別都廢除了變成一副很整齊的代名詞：

第一身：我，我們，我的，我們的。

第二身：你，你們，你的，你們的。

第三身：他，他們，他的，他們的。

看這表，便可知白話的代名詞把古代剩下的主格和目的格的區別一齊删去了；領格雖然分出來，但是加上「的」字語尾，把「形容詞」的性質更表示出來，並且三身有同樣的變化，也更容易記得了。不但國語如此，就是各地土話用的代名詞雖然不同，文法的變化都大致相同。這樣把繁雜不整齊的變化，變爲簡易畫一的變化，確是白話的一大進化。

這樣的例，舉不勝舉。古文「承接代詞」有「者」「所」兩字，一個是主格，一個是目的格，現在都變成一個「的」字了：

(1) **古文**。（主格）為此詩者，其知道乎？
（目的格）播州非人所居。

(2) **白話**。（主格）做這詩的是誰？
（目的格）這裏不是人住的。

又如古文的「詢問代詞」有誰，孰，何，奚，曷，胡，惡，焉，安，等字。這幾個字的用法很複雜（看《馬氏文通》二之五），很不整齊。白話的詢問代詞只有一個「誰」問人，一個「什麼」問物；無論主格，目的格，領格，都可通用。這也是一條同類的例。

我舉這幾條例來證明文言裏許多繁複不整齊的文法變化在白話裏都變簡易畫一了。

第三，許多不必有的句法變格，都變成容易的正格了。中國句法的正格是：

(1)雞鳴。狗吠。

(格) 主詞——動詞。

(2)子見南子。

(格) 主詞——外動詞——止詞。

但是文言中有許多句子是用變格的。我且舉幾個重要的例：

(1)否定句的止詞（目的格）若是代名詞，當放在動詞之前。

(例) 莫我知也夫！不作「莫知我」。

吾不之知。不作「不知之」。

吾不汝貸。不作「不貸汝」。

(格) 主詞——否定詞——止詞——外動詞。

白話覺得這種句法是很不方便的，並且沒有理由，沒有存在的必要。因此白話遇著這樣的句子，都改作正格：

（例）沒有人知道我。

我不認識他。我不赦你。

(2)詢問代詞用作止詞時（目的格），都放在動詞之前：

（例）吾誰欺？客何好？客何能？

問臧奚事？

（格）主詞——止詞——外動詞。

這也是變格。白話也不承認這種變格有存在的必要，故也把他改過來，變成正格：

（例）我欺誰？你愛什麼？你能做什麼？

（格）主詞——外動詞——止詞。

這樣一變，就更容易記得了。

(3)承接代詞「所」字是一個止詞（目的格），常放在動詞之前：

(例) 己所不欲，勿施於人。

天所立大單于。

(格) 主詞——止詞——動詞。

白話覺得這種倒裝句法也沒有保存的必要，所以也把他倒過來，變成正格：

(例) 你自己不要的，也不要給人。

天立的大單于。

(格) 主詞——動詞——止詞。

這樣一變，更方便了。

以上舉出的三種變格的句法，在實用上自然很不方便，不容易懂得，又不容易記得。但是因爲古文相傳下來是這樣倒裝的，故那些「聰明才智」的文學專門名家都只能依樣畫葫蘆，雖然莫名其妙，也只好依著古文大家的「義法」做去！這些「文學專門名家」，因爲全靠機械的熟讀，不懂得文法的道理，故往往鬧出大笑話來。但是他們決沒有改革的膽子，也沒有改革的能力，所以中國文字在他們的手裏實在沒有什麼進步。中國語言的逐漸改良，逐漸進步，——如上文舉出的許多例，——都是靠那些無量數的「鄉曲愚夫，閭巷婦稚」的功勞！

最可怪的，那些沒有學問的「鄉曲愚夫，閭巷婦稚」雖然不知不覺的做這種大膽的改革事業，卻並不是糊裏糊塗的一味貪圖方便，不顧文法上的需要。最可怪的，就是他們對於什麼地方應該改變，什麼地方不應該改變，都極有斟酌，極有分寸。就拿倒裝句法來說。有一種變格的句法，他們絲毫不曾改變。

（例）殺人者。知命者。

（格）動詞——止詞——主詞。

這種句法，把主詞放在最末，表示「者」字是一個承接代詞。白話也是這樣倒裝的：

（例）救人的。算命的。打虎的。

這種句法，白話也曾想改變過來，變成正格：

（例）誰殺人，誰該死。誰不來，誰不是好漢。誰愛聽，儘管來聽。

但是這種變法，總不如舊式倒裝法的方便，況且有許多地方仍舊是變不過來。

（例）殺人的是我。這句話變為「誰殺人，是我」，上半便成疑問句了。

（又）打虎的武松是他的叔叔。這句決不能變為「誰打虎武松是他的叔叔」！

因此白話雖然覺得這種變格很不方便，但是他又知道變爲正格更多不便，倒不如不變了罷。

以上所說，都只是要證明白話的變遷，無論是變繁密了或是變簡易了，都是很有理由的變遷。該變繁的，都變繁了；該變簡的，都變簡了；就是那些該變而不曾變的，也都有一個不能改變的理由。改變的動機是實用上的困難；改變的目的是要補救這種實用上的困難，改變的結果是應用能力的加多。這是中國國語的進化小史。

這一段國語進化小史的大教訓：莫要看輕了那些無量數的「鄉曲愚夫，閭巷婦稚」！他們能做那些文學專門名家所不能做又不敢做的革新事業！

引子　我為什麼要講白話文學史呢？

第一，我要大家知道白話文學不是這三、四年來幾個人憑空捏造出來的；我要大家知道白話文學是有歷史的，是有很長又很光榮的歷史的。我要人人都知道國語文學乃是一千幾百年歷史進化的產兒。國語文學若沒有這一千幾百年的歷史，若不是歷史進化的結果，這幾年來的運動決不會有那樣的容易，決不能在那麼短的時期內變成一種全國的運動，決不能在三五年內引起那麼多的人的響應與贊助。

現在有些人不明白這個歷史的背景，以為文學的運動是這幾年來某人某人提倡的功效，這是大錯的。我們要知道，一千八百年前的時候，就有人用白話作書了；一千年前，就有許多詩人用白話作詩、作詞了；八九百年前，就有人用白話講學了；七八百年前，就有人用白話作小說了；六百年前，就有白話的戲曲了；《水滸》、《三國》、《西遊》、《金瓶梅》，是三四百年前的作品；《儒林外史》《紅樓夢》，是一百四五十年前的作品。我們要知道，這幾百年來，中國社會裏銷行最廣、勢力最大的書籍，並不是《四書》、《五經》，也不是程、朱語錄，也不是韓、柳文章，乃是那些「言之不文，行之最遠」的白話小說！這就是國語文學的歷史的背景。這個背景早已造成了，《水滸》、《紅樓夢》……已經在社會上養成了白話文學的信用了，時機已成熟了，故國語文學的運動者能於短時期中坐收很大的功效。

我們今日收的功效，其實大部分全靠那無數白話文人、白話詩人替我們種下了種子，造成了空氣。我們現在研究這一二千年的白話文學史，正是要我們明白這個歷史進化的趨勢。我們懂得了這段歷史，便可以知道我們現在參加的運動已經有了無數的前輩，無數的先鋒了；便可以知道我們現在的責任是要繼續那無數開路先鋒沒有做完的事業，要替他們修殘補缺，要替他們發揮光大。

第二，我要大家知道白話文學在中國文學史上占一個什麼地位。老實說罷，我要大家都知道白話文學史就是中國文學史的中心部分，中國文學史若去掉了白話文學的進化史，就不成中國文學史了，只可叫做「古文傳統史」罷了。

前天有個學生來問我道：「西洋每一個時代有一個時代的文學；一個時代的文學總代表那一個時代的精神。何以我們中國的文學不能代表時代呢？何以姚鼐的文章和韓愈的文章沒有什麼時代的差別呢？」

我回答道：「你自己錯讀了文學史，所以你覺得中國文學不代表時代了。其實你看的『文學史』，只是『古文傳統史』。在那『古文傳統史』上，作文的只會模仿韓、柳、歐、蘇，作詩的只會模仿李、杜、蘇、黃：一代模仿一代，人人只想做『肖子肖孫』，自然不能代表時代的變遷了。你要想尋那可以代表時代的文學，千萬不要去尋那『肖子』的文學家，你應該去尋那『不肖子』的文學！你要曉得，當吳汝綸、馬其昶、林紓正在努力做方苞、姚鼐的『肖子』

的時候，有個李伯元也正在作《官場現形記》，有個劉鶚也正在作《老殘遊記》，有個吳趼人也正在作《二十年目睹之怪現狀》。你要尋清末的時代文學的代表，還是尋吳汝綸呢？還是尋吳趼人呢？你要曉得，當方苞、姚鼐正在努力做韓愈、歐陽修的『肖子』的時候，有個吳敬梓也正在作《儒林外史》，有個曹雪芹也正在作《紅樓夢》。那個雍正、乾隆時代的代表文學，究竟是《望溪文集》與《惜抱軒文集》呢，還是《儒林外史》與《紅樓夢》呢？再回頭一兩百年，當明朝李夢陽、何景明極力模仿秦、漢，唐順之、歸有光極力恢復唐、宋的時候，《水滸傳》也出來了，《金瓶梅》也出來了。你想，還是拿那假古董的古文來代表時代呢，還是拿《水滸傳》與《金瓶梅》來代表時代呢？——這樣倒數上去，明朝的傳奇，元朝的雜劇與小曲，宋朝的詞，都是如此。中國文學史上何嘗沒有代表時代的文學？但我們不該向那『古文傳統史』裏去尋，應該向那旁行斜出的『不肖』文學裏去尋。因為為不肖古人，所以能代表當世！」

我們現在講白話文學史，正是要講明這一大串不肯替古人做「肖子」的文學家的文學，正是要講明中國文學史上這一大段最熱鬧、最富於創造性、最可以代表時代的文學史。「古文傳統史」乃是模仿的文學史，乃是死文學的歷史；我們講的白話文學史乃是創造的文學史，乃是活文學的歷史。因此，我說：「國語文學的進化，在中國近代文學史上，是最重要的中心部分。」換句話說，這一千多年中國文學史是古文文學的末路史，是白話文學的發達史。

有人說：「照你那樣說，白話文學既是歷史進化的自然趨勢，那麼，白話文學遲早總會成立的，——也可以說白話文學當《水滸》、《紅樓夢》風行的時候，早已成立了，——又何必要我們來做國語文學的運動呢？何不聽其自然呢？豈不更省事嗎？」

這又錯了。歷史進化有兩種：一種是完全自然的演化；一種是順著自然的趨勢，加上人力的督促。前者可叫做演進，後者可叫做革命。演進是無意識的，很遲緩的，很不經濟的，難保不退化的。有時候，自然的演進到了一個時期，有少數人出來，認清了這個自然的趨勢，再加上一種有意的鼓吹，加上人工的促進，使這個自然進化的趨勢趕快實現；時間可以縮短十年百年，成效可以增加十倍百倍。因爲時間忽然縮短了，因爲成效忽然增加了，故表面上看去很像一個革命。其實革命不過是人力在那自然演進的緩步徐行的歷程上，有意的加上了一鞭。

白話文學的歷史也是如此。那自然演進的趨勢是很明了的；有眼珠的都應該看得出。但是這一千多年以來，「元曲」出來了，又漸漸的退回去，變成貴族的昆曲；《水滸傳》與《西遊記》出來了，人們仍舊作他們的駢文古文；《儒林外史》與《紅樓夢》出來了，人們仍舊作他們的駢文古文；甚至於《官場現形記》與《二十年目睹之怪現狀》出來了，人們還仍舊作他們的駢文古文！爲爲什麼呢？因爲這一千多年的白話文學史，只有自然的演進，沒有有意的革命；沒有人明明白白的喊道：「你瞧！這是活文學，那是死文學；這是眞文學，那是假文學！」因爲沒有這種有意的鼓吹，故有眼珠的和沒眼珠的一樣，都看不出那自然進化的方向。

這幾年來的「文學革命」，所以當得起「革命」二字，正因爲這是一種有意的主張，是一種人力的促進。《新青年》的貢獻只在他在那緩步徐行的文學演進的歷程上，猛力加上了一鞭。

這一鞭就把人們的眼珠子打出火來了。從前他們可以不睬《水滸傳》，可以不睬《紅樓夢》；現在他們可不能不睬《新青年》了。這一睬可不得了了。因爲那一千多年的啞子，從此以後，便都大吹大擂的做有意的鼓吹了。因爲是有意的人力促進，故白話文學的運動能在這十年之中收穫一千多年收不到的成績。

假使十年前我們不加上這一鞭，遲早總有人出來加上這一鞭的；也許十年之後，也許五十年之後，這個革命總免不掉的。但是這十年或五十年的寶貴光陰豈不要白白的糟蹋了嗎？

故一千多年的白話文學種下了近年文學革命的種子；近年的文學革命不過是給一段長歷史作一個小結束：從此以後，中國文學永遠脫離了盲目的自然演化的老路，走上了有意的創作的新路了。

一九二八年

※本文係民國十年（一九二一年）胡適在第三屆國語講習所裏講國語文學史的講義。一九二八年收錄於《白話文學史》。——編輯注

逼上梁山
——文學革命的開始

一

提起我們當時討論「文學革命」的起因，我不能不想到那時清華學生監督處的一個怪人。這個人叫做鍾文鰲，他是一個基督教徒，受了傳教士和青年會的很大的影響。他在華盛頓的清華學生監督處作書記，他的職務是每月寄發各地學生應得的月費。他想利用他發支票的機會來做一點社會改革的宣傳。他印了一些宣傳品，和每月的支票夾在一個信封裏寄給我們。他的小傳單有種種花樣，大致是這樣的口氣：

「不滿廿五歲不娶妻。」

「廢除漢字，改用字母。」

「多種樹，種樹有益。」

支票是我們每月渴望的；可是鍾文鰲先生的小傳單未必都受我們的歡迎。我們拆開信，把支票抽出來，就把這個好人的傳單抛在字紙簍裏去。

可是鍾先生的熱心眞可厭！他不管你看不看，每月總照樣夾帶一兩張小傳單給你。我們平時厭惡這種青年會宣傳方法的，總覺得他這樣濫用職權是不應該的。有一天，我又接到了他的一張傳單，說中國應該改用字母拼音；說欲求教育普及，非有字母不可。我一時動了氣，就寫了一封短信去罵他，信上的大意說：「你們這種不通漢文的人，不配談改良中國文字的問題，必須先費幾年工夫，把漢文弄通了，那時你才有資格談漢字是不是應該廢除。」

這封信寄出去之後，我就有點懊悔了。等了幾天，鍾文鰲先生沒有回信來，我更覺得我不應該這樣「盛氣凌人」。我想，這個問題不是一罵就可完事的。我既然說鍾先生不夠資格討論此事，我們夠資格的人就應該用點心思才力去研究這個問題。不然，我們就應該受鍾先生的訓斥了。

那一年恰好東美的中國學生會新成立了一個「文學科學研究部」（Institute of Arts and Scienses），我是文學股的委員，負有準備年會時分股討論的責任。我就同趙元任先生商量，把「中國文字的問題」作爲本年文學股的論題，由他和我兩個人分做兩篇論文，討論這個問題的兩個方面：趙君專論「吾國文字能否採用字母制，及其進行方法」；我的題目是「如何可使吾國文言易於教授」。趙君後來覺得一篇不夠，連作了幾篇長文，說吾國文字可以採用音標拼音，並且詳述贊成與反對的理由。他後來是「國語羅馬字」的主要製作人；這幾篇主張中國拼音文字的論文是國語羅馬字的歷史的一種重要史料。

我的論文是一種過渡時代的補救辦法。我的日記裏記此文大旨如下：

㈠漢文問題之中心在於「漢文究可為傳授教育之利器否」一問題。

㈡漢文所以不易普及者，其故不在漢文，而在教授之技術之不完。同一文字也，甲以講書之故而通文，能讀書作文；乙以徒事誦讀不求講解之故，而終身不能讀書作文。可知受病之源在於教法。

㈢舊法之弊，蓋有四端：

1. 漢文乃是半死之文字，不當以教活文字之法教之。（活文字者，日用語言之文字，如英法文是也，如吾國之白話是也。死文字者，如希臘拉丁，非日用之語言，已陳死矣。半死文字者，以其中尚有日用之分子在也。如犬字是已死之字，狗字是活字；乘馬是死語，騎馬是活語。故曰半死之文字也。）舊法不明此義，以為徒事朗誦，可得字義，此其受病之源。教死文字之法，與外國文字略相似，須用翻譯之法，譯死語為活語，所謂「講書」是也。

2. 漢文乃是視官的文字，非聽官的文字。凡一字有二要，一為其聲，一為其義；無論何種文字，皆不能同時並達此二者。字母的文字但能傳聲，不能達意，象形會意之文字，但可達意而不能傳聲。今之漢文已失象形會意指事之特長；而教者又不復知說文學。其結果遂令吾國之文字既不能傳聲，又不能達意。向之有一短者，令乃並失其所長。學者不獨須強記字音，又須強記字義，是事倍而功半也。欲救此弊，當鼓勵字源學，當以古體與今體同列教科書中；小學教科當先令童蒙習象形指事之字，次及淺易之會意字，次及淺易之形聲字。中學以上皆當習字源學。

3. 吾國文本有文法。文法乃教文字語言之捷徑，今當鼓勵文法學，列為必須之科學。

4. 吾國向不用文字符號，致文字不易普及；而文法之不講，亦未始不由於此，今當力求採用一種規定之符號；以求文法之明顯易解，及意義之確定不易。（以上引一九一五年八月二十六日記）

我是不反對字母拼音的中國文字的；但我的歷史訓練（也許是一種保守性）使我感覺字母的文字不是容易實行的，而我那時還沒有想到白話可以完全替代文言，所以我那時想要改良文言的教授方法，使漢文容易教授。我那段日記的前段還說：

當此字母制未成之先，今之文言終不可廢置，以其為僅有之各省交通之媒介也，以其為僅有之教育授受之具也。

我提出的四條古文教授法，都是從我早年的經驗裏得來的。第一條注重講解古書，是我幼年時最得力的方法。第二條主張字源學是在美國時的一點經驗，有一個美國同學跟我學中國文字，我買一部王筠的《文字蒙求》給他做課本，覺得頗有功效。第三條講求文法是我崇拜《馬氏文通》的結果，也是我學習英文的經驗的教訓。第四條講標點符號的重要，也是學外國文得來的教訓；我那幾年想出了種種標點的符號，一九一五年六月為《科學》作了一篇〈論句讀及文字符號〉的長文，約有一萬字，凡規定符號十種，在引論中我討論沒有文字符號的三大弊：一為意義不能確定，容易誤解，二為無以表示文法上的關係，三為教育不能普及。我在日記裏自跋云：

吾之有意於句讀及符號之學也久矣。此文乃數年來關於此問題之思想結晶而成者，初非一時興到之作也。後此文中，當用此制。七月二日。

二

以上是一九一五年夏季的事。這時候我已承認白話是活文字，古文是半死的文字。那個夏天，任叔永（鴻雋）、梅覲莊（光迪）、楊杏佛（銓）、唐擘黃（鉞）都在綺色佳（Ithaca）過夏，我們常常討論中國文學的問題。從中國文字問題轉到中國文學問題，這是一個大轉變。這一班人中，最守舊的是梅覲莊，他絕對不承認中國古文是半死或全死的文字。因為他的反駁，我不能不細細想過我自己的立場。他越駁越守舊，我倒漸漸變得更激烈了。我那時常提到中國文學必須經過一場革命；「文學革命」的口號，就是那個夏天我們亂談出來的。

梅覲莊新從芝加哥附近的西北大學畢業出來，在綺色佳過了夏，要往哈佛大學去。九月十七日，我作了一首長詩送他，詩中有這兩段很大膽的宣言：

梅生梅生毋自鄙！神州文學久枯餒，百年未有健者起。新潮之來不可止；文學革命其時矣！吾輩勢不容坐視。且復號召二三子，革命軍前杖馬箠，鞭笞驅除一車鬼，再拜迎入新世紀！以此報國未云菲：縮地戡天差可儗。梅生梅生毋自鄙！

作歌今送梅生行，狂言人道臣當烹。我自不吐定不快，人言未足為重輕。

在這詩裏，我第一次用「文學革命」一個名詞。這首詩頗引起了一些小風波。原詩共有四百二十字，全篇用了十一個外國字的譯音。任叔永把那詩裏的一些外國字連綴起來，作了一首遊戲詩送我往紐約：

牛敦愛迭孫，培根客爾文。
索虜與霍桑，「煙士披里純：」
鞭笞一車鬼，為君生瓊英。
文學今革命，作歌送胡生。

詩的末行自然是挖苦我的「文學革命」的狂言。所以我不能把這詩當作遊戲看。我在九月十九日的日記裏記了一行：

任叔永戲贈詩，知我乎？罪我乎？

九月二十日，我離開綺色佳，轉學到紐約哥倫比亞大學，在火車上用叔永的遊戲詩的韻腳，寫了一首很莊重的答詞，寄給綺色佳的各位朋友：

詩國革命何自始？要須作詩如作文。
琢鏤粉飾喪元氣，貌似未必詩之純。
小人行文頗大膽，諸公一一皆人英。
願共戮力莫相笑，我輩不作腐儒生。

在這短詩裏，我特別提出了「詩國革命」的問題，並且提出了一個「要須作詩如作文」的方案。從這個方案上，惹出了後來作白話詩的嘗試。

我認定了中國詩史上的趨勢，由唐詩變到宋詩，無甚玄妙，只是作詩更近於作文，更近於說話。近世詩人歡喜作宋詩，其實他們不曾明白宋詩的長處在那兒。宋朝的大詩人的絕大貢獻，只在打破了六朝以來的聲律的束縛，努力造成一種近於說話的詩體。我那時的主張頗受了讀宋詩的影響，所以說「要須作詩如作文」，又反對「琢鏤粉飾」的詩。

那時我初到紐約，覲莊初到康橋，各人都很忙，沒有打筆墨官司的餘暇。但這只是暫時的停戰，偶一接觸，又爆發了。

三

一九一六年，我們的爭辯最激烈，也最有效果。爭辯的起點，仍舊是我們的「要須作詩如作文」的一句詩，梅覲莊曾駁我道：

足下謂詩國革命始於「作詩如作文」，迪頗不以為然。詩文截然兩途。詩之文字（Poetic diction）與文之文字（Prose diction）自有詩文以來（無論中西），已分道而馳。足下為詩界革命家，改良「詩之文字」則可。若僅移「文之文字」於詩，即謂之革命，則不可也。……一言以蔽之，吾國求詩界革命，當於詩中求之，與文無涉也。若移「文之文字」於詩，即謂之革命，則詩界革命不成問題矣。以其太易易也。

任叔永也來信，說他贊成覲莊的主張。我覺得自己孤立，但我終覺得他們兩人的說法都不能使我心服。我不信詩與文是完全截然兩途的。我答他們的信，說我的主張並不僅僅是以「文之文字」入詩。我的大意是：

今日文學大病在於徒有形式而無精神，徒有文而無質，徒有鏗鏘之韻，貌似之辭而已。今欲救此文勝之弊，宜從三事入手：第一須言之有物，第二須講文法，第三，當用「文之文字」時，不可避之。三者皆以質救文勝之弊也。（二月三日）

我自己的日記裏記著：

吾所持論，固不徒以「文之文字」入詩而已。然不避「文之文字」，自是吾論詩之一法。……古詩如白香山之道州民，如老杜之自京赴奉先詠懷，如黃山谷之題蓮華寺，何一非用「文之文字」，又何一非用「詩之文字」耶？（二月三日）

這時候我已髣髴認識了中國文學問題的性質。我認清了這個問題在於「有文而無質」。怎麼才可以救這「文勝質」的毛病呢？我那時的答案還沒有敢想到白話上去，我只敢說「不避文的文字」而已。但這樣膽小的提議，我的一般朋友都還不能了解。梅覲莊的固執「詩的文字」與「文的文字」的區別，自不必說。任叔永也不能完全了解我的意思。他有來信說：

……要之，無論詩文，皆當有質。有文無質，則成吾國近世萎靡腐朽之文學，吾人正當廓而清之。然使以文學革命自命者，乃言之無文，欲其行遠，得乎？近來頗思吾國文學不

振，其最大原因，乃在文人無學。救之之法，當從績學入手。徒於文字形式上討論，無當也。（二月十日）

這種說法，何嘗不是？但他們都不明白「文字形式」往往是可以妨礙束縛文學的本質的。「舊皮囊裝不得新酒」，是西方的老話。我們也有「工欲善其事，必先利其器」的古話。文字形式是文學的工具；工具不適用，如何能達意表情？

從二月到三月，我的思想上起了一個根本的新覺悟。我曾徹底想過：一部中國文學史只是一部文字形式（工具）新陳代謝的歷史，只是「活文學」隨時起來替代了「死文學」的歷史。文學的生命全靠能用一個時代的活的工具來表現一個時代的情感與思想。工具僵化了，必須另換新的，活的，這就是「文學革命」。例如《水滸傳》上石秀說的：

你這與奴才做奴才的奴才！

我們若把這句話改作古文，「汝奴之奴！」或他種譯法，總不能有原文的力量。這豈不是因爲死的文字不能表現活的話語？此種例證，何止千百？所以我們可以說：歷史上的「文學革命」全是文學工具的革命。叔永諸人全不知道工具的重要，所以說「徒於文字形式上討論，無當也」。他們忘了歐洲近代文學史的大教訓！若沒有各國的活語言作新工具，若近代歐洲文人都還須用那已死的拉丁文作工具，歐洲近代文學的勃興是可能的嗎？歐洲各國的文學革命只是文學工具的革命。中國文學史上幾番革命也都是文學工具的革命。這是我的新覺悟。

我到此時才把中國文學史看明白了，才認清了中國俗話文學（從宋儒的白話語錄到元朝明朝的白話戲曲和白話小說）是中國的正統文學，是代表中國文學革命自然發展的趨勢的。我到此時才敢正式承認中國今日需要的文學革命是用白話替代古文的革命，是用活的工具替代死的工具的革命。

一九一六年三月間，我曾寫信給梅覲莊，略說我的新見解，指出宋元的白話文學的重要價值。覲莊究竟是研究過西洋文學史的人，他回信居然很贊成我的意見。他說：

來書論宋元文學，甚啟聾聵。文學革命自當從「民間文學」（Folklore Popular Poetry, Spoken language, etc.）入手，此無待言。惟非經一番大戰爭不可。驟言俚俗文學，必為舊派文學家所訕笑攻擊。但我輩正歡迎其訕笑攻擊耳。（三月十九日）

這封信眞叫我高興，梅覲莊也成了「我輩」了！

我在四月五日把我的見解寫出來，作爲兩段很長的日記。第一段說：

文學革命，在吾國史上，非創見也。即以韻文而論：三百篇變而為騷，一大革命也。又變為五言七言之詩，二大革命也。賦之變為無韻之駢文，三大革命也。古詩之變為律詩，四大革命也。詩之變為詞，五大革命也。詞之變為曲，為劇本，六大革命也。何獨於吾所持文學革命論而疑之！

第二段論散文的革命：

文亦幾遭革命矣。孔子至於秦漢，中國文體始臻完備。……六朝之文亦有絕妙之作。然其時駢儷之體大盛，文以工巧雕琢見長，文法遂衰。韓退之之「文起八代之衰」，其功在於恢復散文，講求文法，亦一革命也。唐代文學革命家，不僅韓氏一人；初唐之小說家皆革命臣功也。「古文」一派，至今為散文正宗，然宋人談哲理者，似悟古文之不適於用，於是語錄體興焉。語錄體者，以俚語說理記事。……此亦一大革命也。……至元人之小說，此體始臻極盛。……總之，文學革命至元代而登峰造極。其時詞也，曲也，劇本也，小說也，皆第一流之文學，而皆以俚語為之。其時吾國真可謂有一種「活文學」出世。儻此革命潮流（革命潮流即天演進化之迹。自其異者言之，謂之革命。自其循序漸進之迹言之，即謂之進化，可也。）不遭明代八股之劫，不受諸文人復古之劫，則吾國之文學必已為俚語的文學，而吾國之語言早成為言文一致之語言，可無疑也。但丁（Dante）之創意大利文，趙叟（Chaucer）之創英吉利文，馬丁路德（Martin Luther）之創德意志文，未足獨有千古矣。惜乎，五百餘年來，半死之古文，半死之詩詞，復奪此「活文學」之地位，而「半死文學」遂苟延殘喘以至於今日。今日之文學，獨我佛山人，南亭亭長，洪都百煉生諸公之小說可稱「活文學」耳。文學革命何可更緩耶？何可更緩耶？（四月五日夜記）

從此以後，我覺得我已從中國文學演變的歷史上尋得了中國文學問題的解決方案，所以我更自信這條路是不錯的。過了幾天，我作了一首〈沁園春〉詞，寫我那時的情緒：

沁園春　誓詩

更不傷春，更不悲秋，以此誓詩。
任花開也好，花飛也好，月圓固好，日落何悲？
我聞之曰，「從天而頌，孰與制天而用之？」更安用，為蒼天歌哭，作彼奴為！
　文章革命何疑？
且準備搴旗作健兒。
要前空千古，下開百世，收他臭腐，還我神奇。
為大中華，造新文學，此業吾曹欲讓誰？詩材料，有簇新世界，供我驅馳。（四月十三日）

這首詞下半闋的口氣是很狂，我自己覺得有點不安，所以修改了好多次。到了第三次修改，我把「為大中華，造新文學，此業吾曹欲讓誰」的狂言，全刪掉了，下半闋就改成了這個樣子：

……文章要有神思，
到琢句雕詞意已卑。
定不師秦七，不師黃九，但求似我，何效人為！
語必由衷，言須有物，此意尋常當告誰！從今後，儻傍人門户，不是男兒。

這次改本後，我自跋云：

吾國文學大病有三：一曰無病而呻吟，……二曰模仿古人，……三曰言之無物。……頃所作詞，專攻此三弊，豈徒責人，亦以自誓耳。（四月十七日）

前答覲莊書，我提出三事：言之有物，講文法，不避「文的文字」；此跋提出的三弊，除「言之無物」與前第一事相同，餘二事是添出的。後來我主張的文學改良的八件，此時已有了五件了。

四

一九一六年六月中，我往克利佛蘭（Cleveland）赴「第二次國際關係討論會」（Conference of International Relations），去時來時都經過綺色佳，去時在那邊住了八天，常常和任叔永、唐擘黃、楊杏佛諸君談論改良中國文學的方法，這時候我已有了具體的方案，就是用白話作文，作詩，作戲曲。日記裏記我談話的大意有九點：

㈠今日之文言乃是一種半死的文字。
㈡今日之白話是一種活的語言。
㈢白話並不鄙俗，俗儒乃謂之俗耳。
㈣白話不但不鄙俗，而且甚優美適用。凡言要以達意為主，其不能達意者，則為不美。如說，「趙老頭回過身來，爬在街上，撲通撲通的磕了三個頭。」若譯作文言，更有何趣味？
㈤凡文言之所長，白話皆有之。而白話之所長，則文言未必能及之。
㈥白話並非文言之退化，乃是文言之進化，其進化之迹，略如下述：
(1)從單音的進而為複音的。
(2)從不自然的文法進而為自然的文法。例如「舜何人也」變為「舜是什麼人」；「己所不欲」變為「自己不要的」。

(3)文法由繁趨簡。例如代名詞的一致。

(4)文言之所無，白話皆有以補充。例如文言只能說「此乃吾兒之書」，但不能說「這書是我兒子的」。

(七)白話可以產生第一流文學。白話已產生小說、戲劇、語錄、詩詞，此四者皆有史事可證。

(八)白話的文學為中國千年來僅有之文學。其非白話的文學，如古文、如八股、如筆記小說，皆不足與於第一流文學之列。

(九)文言的文字可讀而聽不懂；白話的文字既可讀，又聽得懂。凡演說、講學、筆記、文言決不能應用。今日所需，乃是一種可讀、可聽、可歌、可講、可記的言語。要讀書不須口譯，演說不須筆譯；要施諸講壇舞臺而皆可，誦之村嫗婦孺皆可懂。不如此者，非活的言語也，決不能成為吾國之國語也，決不能產生第一流文學也。（七月六日追記）

七月二日我回紐約時，重過綺色佳，遇見梅覲莊，我們談了半天，晚上我要走了。日記裏記此次談話的大致如下：

吾以為文學在今日不當為少數文人之私產，而當以能普及最大多數之國人為一大能事。吾又以為文學不當與人事全無關係；凡世界有永久價值之文學，皆嘗有大影響於世道人心者也。覲莊大攻此説，以為Utilitarian（功利主義），又以為偷得Tolstoi（託爾斯泰）之緒餘；以為此等十九世紀之舊説，久為今人所棄置。

余聞之大笑。夫吾之論中國文學，全從中國一方面著想，初不管歐西批評家發何議論。吾言而是也，其為Utilitarian抑為Tolstoyan，又何損其為是？（七月十三日追記）

五

我回到紐約之後不久，綺色佳的朋友們遇著了一件小小的不幸事故，產生了一首詩，引起了一場大筆戰，竟把我逼上了決心試作白話詩的路上去。

七月八日，任叔永同陳衡哲女士，梅覲莊、楊杏佛、唐擘黃在凱約嘉湖上搖船，近岸時船翻了，又遇著大雨。雖沒有傷人，大家的衣服都濕了。叔永作了一首四言的〈泛湖即事〉長詩，寄到紐約給我看。詩中有「言櫂輕楫，以滌煩疴」；又有「猜謎賭勝，載笑載言」等等句子。恰好我是曾作「詩三百篇中『言』字解」的，看了「言櫂輕楫」的句子，有點不舒服，所以我寫信給叔永說：

……再者，詩中所用「言」字「載」字，皆係死字；又如「猜謎賭勝，載笑載言」二句，上句為二十世紀之活字，下句為三千年前之死句，殊不相稱也。……（七月十六日）

叔永不服，回信說：

足下謂「言」字「載」字為死字，則不敢謂然。如足下意，豈因《詩經》中曾用此字，吾人今日所用字典便不當搜入耶？「載笑載言」固為「三千年前之語」，然可用以達我今日之情景，即為今日之語，而非「三千年前之死語」，此君我不同之點也。……（七月十七日）

我的本意只是說「言」字「載」字在文法上的作用，在今日還未能確定，我們不可輕易亂用。我們應該鑄造今日的活語來「達我今日之情景」，不當亂用意義不確定的死字。蘇東坡用錯了「駕言」兩字，曾爲章子厚所笑。這是我們應該引爲訓戒的。

這一點本來不很重要，不料竟引起了梅覲莊出來代抱不平；他來信說：

足下所自矜為「文學革命」真諦者，不外乎用「活字」以入文，於叔永詩中稍古之字，皆所不取，以為非「二十世紀之活字」。此種論調，固足下所恃為嘵嘵以提倡「新文學」者，迪又聞之素矣。夫文學革新，須洗去舊日腔套，務去陳言，固矣。然此非盡屏古人所用之字，而另以俗語白話代之之謂也……足下以俗語白話為向來文學上不用之字，驟以入文，似覺新奇而美，實則無永久價值。因其向未經美術家之鍛鍊，徒誘諸愚夫愚婦，無美術觀念者之口，歷世相傳，愈趨愈下，鄙俚乃不可言。足下得之，乃矜矜自喜，眩為創獲，異矣！如足下之言，則人間材智，教育，選擇，諸事，皆無足算，而村農傖夫皆足為詩人美術家矣。甚至非洲之黑蠻，南洋之土人，其言文無分者，最有詩人美術家之資格矣。何足下之醉心於俗語白話如是耶？至於無所謂「活文學」，亦與足下前此言之。……文字者，世界上最守舊之物也。……一字意義之變遷，必經數十或數百年而後成，又須經文學大家承認之，而恆人始沿用之焉。足下乃視改革文字如是之易易乎？……

總之，吾輩言文學革命須謹慎以出之。尤須先精究吾國文字，始敢言改革。欲加用新字，須先用美術以鍛鍊之。非僅以俗語白話代之，即可了事者也。（俗語白話亦有可用者，惟必須經美術家之鍛鍊耳。）如足下言，乃以暴易暴耳，豈得謂之改良乎？……（七月十七日）

覲莊有點動了氣，我要和他開開玩笑，所以作了一首一千多字的白話遊戲詩回答他。開始就是描摹老梅生氣的神氣：

「人間天又涼」，老梅上戰場。
拍桌罵胡適，說話太荒唐！
說什麼「中國有活文學！」
說什麼「須用白話做文章！」
文字那有死活！白話俗不可當！
……

第二段中有這樣的話：

老梅牢騷發了，老胡哈哈大笑。
且請平心靜氣，這是什麼論調！
文字沒有古今，卻有死活可道。
古人叫做「欲」，今人叫做「要」。
古人叫做「至」，今人叫做「到」。
古人叫做「溺」，今人叫做「尿」。
本來同是一字，聲音少許變了。
並無雅俗可言，何必紛紛胡鬧？

至於古人叫「字」，今人叫「號」；
　古人懸樑，今人上弔；
古名雖未必不佳，今名又何嘗不妙？
至於古人乘輿，今人坐轎；
　古人加冠束幘，今人但知戴帽；
這都是古所沒有，而後人所創造。
若必叫帽作巾，叫轎作輿，
豈非張冠李戴，認虎作豹？
……

第四段專答他說的「白話須鍛鍊」的意思：

今我苦口曉舌，算來卻是為何？
正要求今日的文學大家，
把那些活潑潑的白話，
拿來鍛鍊，拿來琢磨，
拿來作文演說，作曲作歌：——

出幾個白話的囂俄，
和幾個白話的東坡，
那不是「活文學」是什麼？
那不是「活文學」是什麼？
……

這首「打油詩」是七月二十二日作的，一半是少年朋友的遊戲，一半是我有意試作白話的韻文。但梅任兩位都大不以爲然。覲莊來信大罵我，他說：

讀大作如兒時聽「蓮花落」，真所謂革盡古今中外詩人之命者！足下誠豪健哉！（七月二十四日）

叔永來信也說：

足下此次試驗之結果，乃完全失敗；蓋足下所作，白話則誠白話矣，韻則有韻矣，然卻不可謂之詩。蓋詩詞之為物，除有韻之外，必須和諧之音調，審美之辭句，非如寶玉所云「押韻就好」也。……（七月二十四日夜）

對於這一點，我當時頗不心服，曾有信替自己辯護，說我這首詩，當作一首Satire（嘲諷詩）看，並不算是失敗，但這種「戲臺裏喝采」，實在大可不必。我現在回想起來，也覺得自己好笑。

但這一首遊戲的白話詩，本身雖沒有多大價值，在我個人作白話詩的歷史上，可是很重要。因為梅任諸君的批評竟逼得我不能不努力試作白話詩了。覲莊的信上曾說：

文章體裁不同。小說詞曲固可用白話，詩文則不可。

叔永的信上也說：

要之，白話自有白話用處（如作小說演說等）然不能用之於詩。

這樣看來，白話文學在小說詞曲演說的幾方面，已得梅任兩君的承認了。覲莊不承認白話可作詩與文，叔永不承認白話可用來作詩。覲莊所謂「文」自然指《古文辭類纂》一類的書裏所謂「文」（近來有人叫做「美文」）。在這一點上，我毫不懷疑，因為我在幾年前曾作過許多的白話議論文，我深信白話文是不難成立的。現在我們的爭點，只在「白話是否可以作詩」的一個問題了。白話文學的作戰，十仗之中已勝了七八仗。現在只賸一座詩的壁壘，還須用全力去搶奪，待到白話征服這個詩國時，白話文學的勝利就可說是十足的了，所以我當時打定主意，要做先鋒去打這座未投降的壁壘：就是要用全力去試作白話詩。

叔永的長信上還有幾句話使我感覺這種試驗的必要。他說：

如凡白話皆可為詩，則吾國京調高腔，何一非詩？……烏乎適之，吾人今日言文學革命，乃誠見今日文學有不可不改革之處，非特文言白話之爭而已。……以足下高才有為，何為舍大道不由，而必旁逸斜出，植美卉於荊棘之中哉？……今日假定足下之文學革命成功，將令吾國作詩皆京調高腔，而陶謝李杜之流永不復見於神州，則足下之功又何如哉？心所謂危，不敢不告。……足下若見聽，則請從他方面講文學革命，勿徒以白話詩為事矣……；（七月二十四日夜）

這段話使我感覺他們都有一個根本上的誤解。梅任諸君都贊成「文學革命」，他們都說「誠見今日文學有不可不改革之處」但他們贊成的文學改革，只是一種空蕩蕩的目的，沒有具體的計劃，也沒有下手的途徑。等到我提出了一個具體的方案（用白話做一切文學的工具），他們又都不贊成了。他們都說文學革命決不是「文言白話之爭而已」。他們都說，文學革命應該有「他方面」，應該走「大道」。究竟那「他方面」是什麼方面呢？究竟那「大道」是什麼道呢？他們又都說不出來了；他們只知道決不是白話！

我也知道光先有白話算不得新文學，我也知道新文學必須有新思想和新精神。但是我認定了：無論如何，死文字決不能產生活文學。若要造一種活的文學，必須有活的工具。那已產生的白話小說詞曲，都可證明白話是最配做中國活文學的工具的。我們必須先把這個工具抬高起來，使他成為公認的中國文學工具，使他完全替代那半死的或全死的老工具。有了新工具，我們方才談得到思想和新精神等等其他方面。這是我的方案。現在反對的幾位朋友已承認白話可以作小說戲曲了。他們還不承認白話可以作詩。這種懷疑，不僅是對於白話詩的局部懷疑，實在還是對於白話文學的根本懷疑。在他們的心裏，詩與文是正宗，小說戲曲還是旁門小道。他們不承認白話詩文，其實他們是不承認白話可作中國文學的唯一工具。所以我決心要用白話來征服詩的壁壘，這不是試驗白話詩是否可能，這就是要證明白話可以做中國文學的一切門類的唯一工具。

白話可以作詩，本來是毫無可疑的。杜甫、白居易、寒山、拾得、邵雍、王安石、陸游的白話詩都可以舉來作證。詞曲裏的白話更多了。但何以我的朋友們還不能承認白話詩的可能呢？這有兩個原因：「第一是因為白話詩確是不多：在那無數的古文詩裏，這兒那兒的幾首白話詩在數量上確是很少的。第二是因為舊日的詩人詞人只有偶然用白話作詩詞的，沒有用全力作白話詩詞的，更沒有自覺得作白話詩詞」的。所以現在這個問題還不能光靠歷史材料的證明，還須等待我們用實地試驗來證明。

所以我答叔永的信上說：

總之，白話未嘗不可以入詩，但白話詩尚不多見耳。古之所少有，今日豈必不可多作乎？……白話之能不能作詩，此一問題全待吾輩解決。解決之法，不在乞憐古人，謂古之所無，今必不可有；而在吾輩實地試驗。一次「完全失敗」，何妨再來？若一次失敗，便「期期以為不可」，此豈「科學的精神」所許乎？……

高腔京調未嘗不可成為第一流文學。……適以為但有第一流文人肯用高腔京調著作，便可使高腔京調成第一流文學。病在文人膽小不敢用耳。元人作曲可以取仕宦，下之亦可謀生，故名士如高則誠關漢卿之流皆肯作曲作雜劇。今日之高腔京調皆不文不學之戲子為之，宜其不能佳矣。此則高腔京調之不幸也。……足下亦知今日受人崇拜之莎士比亞，即當時唱京調高腔者乎？……與莎氏並世之培根著《論集》（Essays），有拉丁文英文兩種本子；書既出世，培根自言，其他日不朽之名當賴拉丁文一本；而英文本但以供一般普通俗人之傳誦耳，不足輕重也。此可見當時之英文的文學，其地位皆與今日京調高腔不相上下。……吾絕對不認「京調高腔」與「陶謝李杜」為勢不兩立之物。今且用足下之文字以述吾夢想中之文學革命之目的，曰：

(1)文學革命的手段，要令國中之陶謝李杜皆敢用白話京調高腔作詩。要令國中之陶謝李杜皆能用白話京調高腔作詩。

(2)文學革命的目的，要令中國有許多白話京調高腔的陶謝李杜，要令白話京調高腔之中產出幾許陶謝李杜。

(3)今日決用不著陶謝李杜的陶謝李杜，何也？時代不同也。

(4)吾輩生於今日，與其作不能行遠不能普及的五經兩漢六朝八家文字，不如作家喻户曉的《水滸》、《西遊》文字。與其作似陶似謝似李似杜的詩，不如作不似陶不似謝不似李杜的白話詩。與其作一個「真詩」，走「大道」，學這個，學那個的陳伯嚴鄭蘇龕，不如作一個實地試驗「旁逸斜出」，「舍大道而弗由」的胡適。

此四者，乃適夢想中文學革命之宣言書也。

嗟夫，叔永，吾豈好立異以為高哉？徒以「心所謂是，不敢不為。」吾志決矣。吾自此以後，不更作文言詩詞。吾之去國集乃是吾絕筆的文言韻文也。……（七月二十六日）

這是我第一次宣言不作文言的詩詞。過了幾天，我再答叔永道：

古人說：「工欲善其事，必先利其器。」文字者，文學之器也。我私心以為文言決不足為吾國將來文學之利器。施耐庵曹雪芹諸人已實地證明作小說之利器在於白話。今尚需人實地試驗白話是否可為韻文之利器耳……。

我自信頗能白話作散文，但尚未能用之於韻文。私心頗欲以數年之力，實地練習之。倘數年之後，竟能用白話作文作詩，無不隨心所欲，豈非一大快事？

我此時練習白話韻文，頗似新闢一文學殖民地。可惜須單身匹馬而往，不能多得同志，結伴同行。然我去志已決。公等假我數年之期。倘此新國盡是沙磧不毛之地，則我或終歸老於「文言詩國」亦未可知，倘幸而有成，則闢除棘荊之後，當開放門户，迎公等同來蒞止耳。「狂言人道臣當烹。我自不吐定不快，人言未足為輕重。」足下定笑我狂耳。……（八月四日）

這封信是我對於一班討論文學的朋友的告別書。我把路線認清楚了，決定努力作白話的試驗，要用試驗的結果來證明我的主張的是非。所以從此以後，我不再和梅任諸君打筆墨官司了。信中說的「可惜須單身匹馬而往，不能多得同志，結伴同行」也是我當時心裏感覺的一點寂寞。我心裏最感覺失望的，是我平時最敬愛的一班朋友都不肯和我同去探險。一年多的討論，還不能說服一兩個好朋友，我還妄想要在國內提倡文學革命的大運動嗎？

有一天，我坐在窗口吃我自做的午餐，窗下就是一大片長林亂草，遠望著赫貞江。我忽然看見一對黃蝴蝶從樹梢飛上來；一會兒，一隻蝴蝶飛下去了；還有一隻蝴蝶獨自飛了一會，也慢慢的飛下去，去尋他的同伴去了。我心裏頗有點感觸，感觸到一種寂寞的難受，所以我寫了一首白話小詩，題目就叫做「朋友」（後來才改作「蝴蝶」）：

兩個黃蝴蝶，雙雙飛上天。
不知為什麼，一個忽飛還，

　　贖下那一個，孤單怪可憐；
　　也無心上天，天上太孤單。（八月二十三日）

這種孤單的情緒，並不含有怨望我的朋友的意思。我回想起來，若沒有那一班朋友和我討論，若沒有那一日一郵片，三日一長函的朋友切磋的樂趣，我自己的文學主張決不會經過那幾層大變化，決不會漸漸結晶成一個有系統的方案，決不會慢慢的尋出一條光明的大路來。況且那年（一九一六）的三月間，梅覲莊對於我的俗話文學的主張，已很明白的表示贊成了。（看上文引他的三月十九日來信。）後來他們的堅決反對，也許是我當時的少年意氣太盛，叫朋友難堪，反引起他們的反感來了，就使他們不能平心靜氣的考慮我的歷史見解，就使他們走上了反對的路上去。但是因爲他們的反駁，我才有實地試驗白話的決心。莊子說得好：「彼出於是，是亦因彼。」一班朋友做了我多年的「他山之錯」，我對他們，只有感激，決沒有絲毫的怨望。

我的決心試驗白話詩，一半是朋友們一年多討論的結果，一半也是我受的實驗主義的哲學的影響。實驗主義教訓我們：一切學理都只是一種假設；必須要證實了（Verified），然後可算是眞理。證實的步驟，只是先把一個假設的理論的種種可能的結果都推想出來，然後想法子來試驗這些結果是否適用，或是否能解決原來的問題。我的白話文學論不過是一個假設，這個假設的一部分（小說詞曲等）已有歷史的證實了；其餘一部分（詩）還須等待實地試驗的結果。我的白話詩的實地試驗，不過是我的實驗主義的一種應用。所以我的白話詩還沒有寫得幾首，我的詩集已有了名字了，就叫做《嘗試集》。我讀陸游的詩，有一首詩云：

能仁院前有石像丈餘，蓋作大像時樣也。

江閣欲開千尺像，雲龕先定此規模。
斜陰徙倚空長歎：嘗試成功自古無。

陸放翁這首詩大概是別有所指；他的本意大概是說：小試而不得大用，是不會成功的。我借他這句詩，做我的白話詩集的名字，並且作了一首詩，說明我的嘗試主義：

嘗試篇

「嘗試成功自古無」，放翁這話未必是。我今為下一轉語，自古成功在嘗試。請看藥聖嘗百草，嘗了一味又一味。又如名醫試丹藥，何嫌六百零六次。莫想小試便成功，那有這樣容易事！有時試到千百回，始知前功盡拋棄。即使如此已無愧，即此失敗便足記。告人此路不通行，可使腳力莫浪費。我生求師二十年，今得「嘗試」兩個字。作詩做事要如此，雖未能到頗有志。作「嘗試歌」頌吾師，願大家都來嘗試！（八月三日）

這是我的實驗主義的文學觀。

這個長期討論的結果，使我自己把許多散漫的思想匯集起來，成爲一個系統。一九一六年的八月十九日，我寫信給朱經農，中有一段說：

新文學之要點，約有八事：

1. 不用典。
2. 不用陳套語。
3. 不講對仗。
4. 不避俗字俗語。（不嫌以白話作詩詞）
5. 須講求文法。（以上為形式的方面）
6. 不作無病之呻吟。
7. 不模仿古人。
8. 須言之有物。（以上為精神「內容」的方面）

那年十月中，我寫信給陳獨秀先生，就提出這八個「文學革命」的條件，次序也是這樣的。不到一個月，我寫了一篇〈文學改良芻議〉，用複寫紙抄了兩份，一份給《留美學生季報》發表，一份寄給獨秀在《新青年》上發表。在這篇文字裏，八件事的次序大改變了！

1. 須言之有物。
2. 不模仿古人。
3. 須講求文法。
4. 不作無病之呻吟。
5. 務去爛調套語。
6. 不用典。
7. 不講對仗。
8. 不避俗字俗語。

這個新次第是有意改動的。我把「不避俗字俗語」一件放在最後，標題只是很委婉的說「不避俗字俗語」其實是很鄭重的提出我的白話文學的主張。我在那篇文字裏說：

吾惟以施耐庵曹雪芹吳趼人為文學正宗，故有「不避俗字俗語」之論也。蓋吾國言文之背馳久矣。自佛書之輸入，譯者以文言不足以達意，故以淺近之文譯之，其體已近白話。其後佛氏講義語錄尤多用白話為之者，是為語錄體之原始。及宋人講學，以白話為語錄，此體遂成講學正體。（明人因之。）當是時，白話已久入韻文，觀宋人之詩詞可見。及至元時，中國北部在異族之下三百餘年矣。此三百年中，中國乃發生一種通俗行遠之文學，文則有《水滸》《西遊》《三國》，曲則尤不可勝計。以今世眼光觀之，則中國文學當以元代為最盛；傳世不朽之作，當以元代為最多。此無可疑也。當是時，中國之文學最近言文合一，白話幾成文學的語言矣。使此趨勢不受阻遏，則中國幾有一「活文學」出現，而但丁路德之偉業幾發生於神州。不意此趨勢驟為明代所阻，政府既以八股取士，而當時文人如何李七子之徒，又爭以復古為高。於是此千年難遇言文合一之機會，遂中途夭折矣。然以今世歷史進化的眼光觀之，則白話文學之為中國文學之正宗，又為將來文學必用之利器，可斷言也。以此之故，吾主張今日作文作詩，宜採用俗語俗字。與其用三千年前之死字，不如用二十世紀之活字。與其作不能行遠不能普及之秦漢六朝，不如作家喻戶曉之《水滸》《西遊》文字也。

這完全是用我三四月中寫出的中國文學史觀（見上文引的四月五日日記），稍稍加上一點後來的修正，可是我受了在美國的朋友的反對，膽子變小了，態度變謙虛了，所以此文標題但稱「文學改良芻議」，而全篇不敢提起「文學革命」的旗子。篇末還說：

上述八事，乃吾年來研思此一大問題之結果。……謂之「芻議」，猶云未定草也。伏惟國人同志有以匡糾是正之。

這是一個外國留學生對於國內學者的謙遜態度。文字題爲「芻議」，詩集題爲「嘗試」，是可以不引起很大的反感的了。

陳獨秀先生是一個老革命黨，他起初對於我的八條件還有點懷疑（《新青年》二卷二號。其時國內好學深思的少年，如常乃悳君，也說「說理紀事之文，必當以白話行之，但不可施於美術文耳。」見《新青年》二卷四號）但他見了我的〈文學改良芻議〉之後，就完全贊成我的主張；他接著寫了一篇〈文學革命論〉（《新青年》二卷五號），正式在國內提出「文學革命」的旗幟。他說：

> 文學革命之氣運，醞釀已非一日。其首舉義旗之急先鋒則為吾友胡適。余甘冒全國學究之敵，高張「文學革命軍」之大旗，以為吾友之聲援。旗上大書特書吾革命三大主義：
>
> 曰：推倒雕琢的，阿諛的貴族文學；建設平易的，抒情的國民文學。
>
> 曰：推倒陳腐的，鋪張的古典文學；建設新鮮的，立誠的寫實文學。
>
> 曰：推倒迂晦的，艱澀的山林文學；建設明瞭的，通俗的社會文學。

獨秀之外；最初贊成我的主張的，有北京大學教授錢玄同先生（《新青年》二卷六號通信，又三卷一號通信。）此後文學革命的運動就從美國幾個留學生的課餘討論，變成國內文人學者的討論了。

〈文學改良芻議〉是一九一七年一月出版的，我在一九一七年四月九日還寫了一封長信給陳獨秀先生，信內說：

此事之是非，非一朝一夕所能定，亦非一二人所能定。甚願國中人士能平心靜氣與吾輩同力研究此問題。討論既熟，是非自明。吾輩已張革命之旗，雖不容退縮，然亦決不敢以吾輩所主張為必是，而不容他人之匡正也。……

獨秀在《新青年》（第三卷三號）上答我道：

鄙意容納異議，自由討論，固為學術發達之原則，獨於改良中國文學當以白話為正宗之說，其是非甚明，必不容反對者有討論之餘地；必以吾輩所主張者為絕對之是，而不容他人之匡正也。蓋以吾國文化倘已至文言一致地步，則以國語為文，達意狀物，豈非天經地義？尚有何種疑義必待討論乎？其必欲擯棄國語文學，而悍然以古文為正宗者，猶之清初曆家排斥西法，乾嘉疇人非難地球繞日之說，吾輩實無餘閒與之作此無謂之討論也。

這樣武斷的態度，眞是一個老革命黨的口氣。我們一年多的文學討論的結果，得著了這樣一個堅強的革命家做宣傳者，做推行者，不久就成爲一個有力的大運動了。

民國二十二年十二月三日夜脫稿

中國新文學運動小史

一

中國新文學運動的歷史，我們至今還不能有一種整個的敘述。為什麼呢？第一、因為時間太逼近了，我們的記載與論斷都免不了帶著一點主觀情感的成分，不容易得著客觀的、嚴格的史的記錄。第二、在這短短的二十年裏，這個文學運動的各個方面的發展是不很平均的，有些方面發展的很快，有些方面發展的稍遲；如散文和短篇小說就比長篇小說和戲劇發展的早多了。一個文學運動的歷史的估價，必須包括它的出產品的估價。單有理論的接受，一般影響的普遍，都不夠證實那個文學運動的成功。所以在今日新文學的各方面都還不曾有大數量的作品可以供史家評論的時候，這部歷史是寫不成的。

文學革命的目的是要用活的語言來創作新中國的新文學，——來創作活的文學，人的文學。新文學的創作有了一分的成功，即是文學革命有了一分的成功。「人們要用你結的果子來評判你。」正如政治革命的目的是要建立一個新的社會秩序，那個新社會秩序的成敗即是那個政治革命的成敗。文學革命產生出來的新文學不能滿足我們贊成革命者的期望，就如同政治革命不能產生更滿意的社會秩序一樣，雖有最圓滿的革命理論，都只好算作不兌現的紙幣了。

這一集的理論文字，代表民國六年到九年之間（一九一七—一九二〇）的文學革命的理論，大都是從《新青年》、《新潮》、《每周評論》、《少年中國》，幾個雜誌裏選擇出來的，因爲這幾個刊物都是中國新文學運動的急先鋒，都是它的最早的主要宣傳機關。

這一集所收的文字，分作三組：第一組是一篇序幕，記文學革命在國外怎樣發生的歷史；這雖然是一種史實的記載，其實後來許多革命理論的綱領都可以在這裏看見了。在這篇文章說明之前我應該扼要的敘述這個文學革命運動的歷史背景。這個背景的一個重要方面，是古文在那四五十年中作最後掙扎的一段歷史。（參看我的〈五十年來之中國文學〉）那個時代是桐城派古文的復興時期。從曾國藩到吳汝綸，桐城派古文得著最有力的提倡，得著很大的響應。曾國藩說的「舉天下之美，無以易乎桐城姚氏者也」，最可以代表當時文人對這個有勢力的文派的信仰。我們在今日回頭看桐城派古文在當日的勢力之大，傳播之廣，也可以看出一點歷史的意義。桐城派古文的抬頭，就是駢儷文體的衰落。自從韓愈提出「文從字順各識職」的古文標準以後，一些「古文」大家大都朝著「文從字順」的方向努力。只有這條路可以使那已死的古文勉強應用，所以在這一千年之中，古文越作越通順了。——宋之歐蘇，明之歸有光錢謙益，清之方苞姚鼐，都比唐之韓柳更通順明白了。到曾國藩，這一派的文字可算是到了極盛的時代。他們不高談秦漢，甚至於不遠慕唐宋，竟老老實實的承認桐城古文爲天下之至美！這不是無意的降格，這是有意的承認古文的仿作越到後來越有進步。所以王先謙《續古文辭類纂》的自序說：

學者將欲杜歧趨，遵正軌，姚氏而外，取法梅曾（梅曾亮、曾國藩），足矣。

姚鼐曾國藩的古文差不多統一了十九世紀晚期的中國散文。散文體做到了明白通順的一條路，它的應用的能力當然比那駢儷文和模仿殷盤周誥的假古文大多了。這也是一個轉變時代的新需要。這是桐城古文得勢的歷史意義。

在那個社會與政治都受絕大震盪的時期，古文應用的方面當然比任何過去時期更多更廣了。總計古文在那四五十年中，有這麼多的用處：第一是時務策論的文章，如馮桂芬的〈校邠廬抗議〉，如王韜的報館文章，如鄭觀應、邵作舟、湯壽潛諸家的「危言」，都是古文中的「策士」一派。後起的政論文家如譚嗣同，如梁啟超，如章士釗，也都是先從桐城古文入手的。第二是翻譯外國的學術著作。最有名的嚴復，就出於桐城派古文家吳汝綸的門下。吳汝綸讚美嚴復的《天演論》，說「其書乃駸駸與晚周諸子相上下」，嚴復自己也說「精理微言，用漢以前字法句法則爲達易，用近世利俗文字則求達難」。其實嚴復的譯文全是學桐城古文，有時參用佛經譯文的句法；不過他翻譯專門術語，往往極力求古雅，所以外貌頗有古氣。第三是用古文翻譯外國小說。最著名的譯人林紓也出於吳汝綸的門下；其他用古文譯小說的人，也往往是學桐城古文的，或是間接模仿林紓的古文的。

古文經過桐城派的廓清，變成通順明白的文體，所以在那幾十年中，古文家還能勉強掙扎，要想運用那種文體來供給一個驟變的時代需要。但時代變的太快了，新的事物太多了，新的知識太複雜了，新的思想太廣博了，那種簡單的古文體，無論怎樣變化，終不能應付這個新時代的要求，終於失敗了。失敗最大的是嚴復式的譯書。嚴復自己在《群己權界論》的凡例裏曾說：

> 海外讀吾譯者，往往以不可猝解，訾其艱深。不知原書之難且實過之。理本奧衍，與不佞文字固無涉也。

這是他的譯書失敗的鐵證。今日還有學嚴復譯書的人，如章士釗先生，他們的譯書是不會有人讀的了。

其次是林紓的翻譯小說的失敗。用古文寫的小說，最流行的是蒲松齡的《聊齋志異》；《聊齋志異》有圈點詳註本，故士大夫階級多能閱讀。古文到了桐域一派，敘事記言多不許用典，比聊齋時代的古文乾淨多了。所以林紓譯的小說，沒有註釋典故的必要，然而用古文譯書，不加圈讀，懂得的人就很少。林譯小說都用圈斷句，故能讀者較多。但能讀這類古文小說的人，實在是很少的。林紓的名聲大了，他的小說每部平均能銷幾百本，在當時要算銷行最廣的了，但當時一切書籍（除小學教科書外）的銷路都是絕可憐的小！後來周樹人、周作人兩先生合譯《域外小說集》，他們都能直接從外國文字譯書，他們的古文也比林紓更通暢細密，然而他們的書在十年之中只銷了二十一冊！這個故事可以使我們明白，用古文譯小說，也是一樣勞而無功的死路，因為能讀古文小說的人實在太少了。至於古文不能翻譯外國近代文學的複雜文句和細緻描寫，這是能讀外國原書的人都知道的，更不用說了。

嚴格說來，譚嗣同、梁啟超的議論文已不是桐城派所謂「古文」了。梁啟超自己說他亡命到國外以後，作文章即：

> 自解放，務為平易暢達，時雜以俚語、韻語，及外國語法；縱筆所至不檢束。學者競效之，號新文體。老輩則痛恨，詆為野狐。然其文條理明晰，筆鋒常帶情感，對於讀者，別有一種魔力焉。

這種「新文體」是古文的大解放。靠著圈點和分段的幫助，這種解放的文體居然能作長篇的議論文章了；每遇一個抽象的題目，往往列舉譬喻，或列舉事例，每一譬喻或事例各自成一段，其體勢頗像分段寫的八股文的長比，而不受駢四儷六的拘束，所以氣勢汪洋奔放，而條理淺顯，容易使讀者受感動。在一個感受絕大震盪的過渡社會裏，這種解放的新文體曾有很偉大的魔力。但議論的文字不是完全是情感的一條路的。經過了相當時期的教育發展，這種奔放的情感文字漸漸的被逼迫而走上了理智的辯駁文字的路。梁啟超中年的文章也漸漸從奔放回到細密，全不像他壯年的文章了。後起的政論家，更不能不注重邏輯的謹嚴，文法的細密，理論的根據。章士釗生於桐城古文大本營的湖南，他的文章很有桐城氣息。他一面受了嚴復的古文譯書的影響，一面又頗受了英國十九紀政論文章的影響，所以他頗想作出一種嚴密的說理文章。同時的政論家也頗受他的影響，朝著這個方面做去。這種文章實在是和嚴復的譯書很相像的：嚴復是用古文翻外國書，章士釗是用古文說外國話。說的人非常費勁，讀的人也得非常費勁，才讀得懂。章士釗一班人的政論當然也和嚴復的譯書同其命運，因爲「不可猝解」。於是這第三個方面的古文應用也失敗了。

在那二三十年中，古文家力求應用，想用古文來譯學術書，譯小說，想用古文來說理論政，然而都失敗了。此外如章炳麟先生主張回到魏晉的文章，「將取千年朽蠹之餘，反之正則」，更富有復古的意味，應用的程度更小了，失敗更大了。他們的失敗，總而言之，都在於難懂難學。文字的功用在於達意，而達意的範圍以能達到最大多數人爲最成功。在古代社會中，最大多數人是和文字沒交涉的。作文章的人，高的只求絕少數的「知音」的欣賞，低的只求能「中試官」的口味。所以他們心目中從來沒有「最大多數人」的觀念。所以凡最大多數人都能欣賞的文學傑作，如《水滸傳》，如《西遊記》，都算不得文學！這一個根本的成見到了那個過渡的驟變的時代，還不曾打破，所以嚴復、林紓、梁啟超、章炳麟、章士釗諸人都還不肯拋棄那種完全爲絕少數人賞玩的文學工具，都還妄想用那種久已僵死的文字來做一個新時代達意表情說理的工具。他們都有革新國家社會的熱心，都想把他們的話說給多數人聽。可是他們都不懂得為什麼多數人不能讀他們的書，聽他們的話！嚴復說的最妙：

理本奥衍，與不佞文字固無涉也。

在這十三個字裏，我們聽見了古文學的喪鐘，聽見了古文學家自己宣告死刑。他們彷彿很生氣的對多數人說：「我費盡氣力作文章，說我的道理，你們不懂，是你們自己的罪過，與我的文章無干！」

在這樣的心理之下，古文應用的努力完全失敗了。

二

可是在這個時期，那「最大多數人」也不是完全被忽略了。當時也有一班遠見的人，眼見國家危亡，必須喚起那最大多數的民眾來共同擔負這個救國的責任。他們知道民眾不能不教育，而中國的古文古字是不配做教育民眾的利器的。這時候，基督教的傳教士早已在各地造出各種方言字母來拼讀各地的土話，並且用土話字母來翻譯新約，來傳播教義了。日本的驟然強盛，也使中國士大夫注意到日本的小學教育，因此也有人注意到那五十假名的教育功用。西方和東方的兩種音標文字的影響，就使中國維新志士漸漸覺悟字母的需要。

最早創造中國拼音字母的人大都是沿海各省和西洋傳教士接觸最早的人。如廈門盧戇章造的「切音新法」，如福建龍溪蔡錫勇造的「傳音快字」，如廣東香山王炳耀造的「拼音字譜」，都是這個字母運動的先鋒。盧戇章的字母，在戊戌變法的時期，曾由他的同鄉京官林輅存運動都察院奏請頒行天下。蔡錫勇和他的兒子蔡璋繼續改良他們的「快字」，演成「蔡氏速記術」，開創了中國的速記術。

戊戌變法的一個領袖，直隸寧河縣人王照（死於一九三三），當新政推翻時亡命到日本，庚子亂後他改裝偷回中國，隱居在天津，發願要創造「官話字母」，共六十餘母，用兩拼之法，「專拼白話」；因「語言必歸一致」，故他主張用北京話作標準（以前盧蔡諸家的字母都是方言字母，不曾有專拼官話的計劃）。王照是一個很有見識的人，他的主張很有許多地方和後來主張白話文學的人相同。他說：

余今奉告當道者：富強治理，在各精其業各擴其職各知其分之齊氓，不在少數之英雋也。朝廷所應注意而急圖者宜在此也。茫茫九州，芸芸億兆，呼之不省，喚之不應，勸導禁令毫無把握，而乃舞文弄墨，襲空論以飾高名，心目中不見細民，妄冀富強之效出於策略之轉移焉，苟不當其任，不至其時，不知其術之窮也！（〈官話合聲字母原序〉）

這就是說：富強治理的根本在於那最大多數的齊氓，細民。他在戊戌變法時，也曾「妄冀富強之效出於策略之轉移」；但他後來覺悟了，知道「其術之窮」了，所以他冒大險回國，要從教育那「芸芸億兆」下手。他知道各國教育的普及都靠「文言一致，拼音簡便」，所以他發憤要造出一種統一中國語言文字的官話字母。他很明白的說，這種字母是「專拼白話的」。他說：

> 吾國古人造字，以便民用，所命之音必與當時語言無異，此一定之理也。而語言代有變遷，文亦隨之。……故以孔子之文較夏殷之文，則改變句法，增添新字，顯然大異。可知係就當時俗言肖聲而出，著之於簡，欲婦孺聞而即曉。凡也，已，焉，乎等助詞為夏殷之書所無者，實不啻今之白話文增入呀，麼，哪，咧等字。孔子不避其鄙俚，因聖人之心專以便民為務，無「文」之見存也。後世文人欲借文以飾智驚愚，於是以摩古為高，文字不隨語言，二者日趨日遠，文字既不足當語言之符契，其口音即遷流愈速，……異者不可復同，而同國漸如異城。（同上）

這是最明白的主張「言文一致」，要文字「當語言之符契」，要文字跟著那活的話言變遷。這個主張的邏輯的結論當然是提倡白話文了。

王照很明白一切字母只可以拼白話，決不能拼古文。他的《字語凡例》說：

> 此字母……專拼俗語，肖之即無誤矣。今如兩人晤談終日，從未聞有相詰曰：「爾所說之

> 晚為早晚之晚耶？為茶碗之碗耶？爾所說之茶為茶葉之茶耶？為查核之查耶？」可知全句皆適肖白話，即無誤會也，若用以拼文詞，則使讀者在在有混淆誤解之弊，故萬不可用此字母拼文詞。（原第十二條）

音標的文字必須是「適肖白話」的文字。所以王照的字母是要用來拼寫白話文的。後來提倡「讀音統一」的人，不懂得這個道理，竟把他們制定的字母叫做「注音字母」，用來做「讀音統一」之用，那就是根本違背當年創造官話字母的原意了。

王照的字母運動在當年很得著許多有名的人的同情贊助。天津的嚴修、桐城派的領袖吳汝綸、北洋大臣袁世凱、兩江總督周馥、浙江桐鄉的勞乃宣，都是王照的同志。袁世凱在北洋，周馥在南京，都曾提倡字母的傳授。勞乃宣是一位「等韻學」的專家，他採用了王照的官話字母，又添製了江寧（南京）音譜、蘇州音譜，和閩廣音譜，合成《簡字全譜》。他在光緒戊申（一九〇八）有《進呈簡字譜錄摺》，說：

> 今日欲救中國，非教育普及不可；欲教育普及，非有易識之字不可；欲為易識之字，非用拼音之法不可。

他很樂觀的計算：

此字傳習極易，至多不過數月而可成。以一人授五十人計之，一傳而五十人，再傳而二千五百人，三傳而十二萬五千人，四傳而六百二十五萬人，五傳而三萬一千二百五十萬人。中國四萬萬人，五六傳而可遍。果以國家全力行之，數年之內可以通國無不識字之人。將見山陬海澨，田夫野老，婦人孺子，人人能觀書，人人能閱報。凡人生當明之道義，當知之世務，皆能通曉。彼此意所欲言，皆能以筆札相往復。官府之命令皆能下達而無所舛誤；人民之意見皆能上陳而無所壅蔽。明白洞達，薄海大同。（《桐鄉勞先生遺稿》卷四）

我們看勞乃宣和王照的議論，可以知道那時候一些先見的人確曾很注意那最大多數的民眾。他們要想喚醒那無數「各精其業，各擴其職，各知其分之齊氓」，所以想提倡一種字母給他們做識字求知識的利器。

從庚子亂後到辛亥革命的前夕，這個「官話字母」的運動（也叫做「簡字」的運動）逐漸推行，雖然不曾得著滿清政府的贊助，卻得了社會上一些名流的援助。吳汝綸於光緒二十八年（一九〇二）到日本考察教育，看了日本教育普及和語言統一的功效，很受感動。回國後即上書給管學大臣張百熙，極力主張用北京官話「使天下語言一律」。吳汝綸死後（他死在一九〇三年），張百熙、張之洞等的《奏定學堂章程》的《學務綱要》裏就有「以官音統一天下之語言，故自師範以及高等小學堂，均於國文一科內附入官話一門」的規定。這種規定很有利於官話字母的運動，所以在以後幾年之中，官話字母「傳習至十三省境，拼音官話書報社……編印之初學修身倫理歷史地理地文植物動物外交等拼音官話書，銷至六萬餘部」（據王照《小航文存》卷一，頁三二）。到了宣統二年（一九一〇）資政院成立時，議員中有勞乃宣、嚴復、江謙，都是提倡拼音文字的。他們在資政院裏提出推行官話簡字的議案，審查的結果，決議「謀國語教育，則不得不添造音標文字」，「請議長會同學部具奏，請旨飭下迅速籌備施行」。後來學部把這個議案交中央教育會議討論：主持教育會議的人如張謇、張元濟、傅增湘，也都是贊成這個主張的，所以也通過了一個「統一國語辦法案」。但不久武昌革命起來了，清朝倒了，民國成立了。在那個政治大變動之中，王照、勞乃宣諸人努力十年造成的音標文字運動就被當前更濃厚的政治鬥爭的興趣籠罩下去，暫時衰歇了。（以上的記載，參用黎錦熙的《國語運動小史》、王照的《小航文存》、勞乃宣的《年譜》和《遺稿》）。

民國元年，蔡元培先生建議，請由教育部召集大會，推行拼音字。不久蔡先生辭職走了，董鴻禕代理部務，召集「讀音統一會」。民國二年二月十五日，讀音統一會開會：吳敬恆先生被選爲正會長，王照爲副會長。這個會開了三個月，爭論很激烈，結果是制定了三十九個字母，——後來稱爲「注音字母」。字母的形式換了，於是前十年流行的拼音白話書報全不適用了。這副新的注音字母，中間又被擱置了六年，直到民國七年年底，教育部才正式頒布。頒布之後，政府和民間至今沒有用這字母來編印拼音的書報。民國十一年，教育部頒布了國語統一籌備會制定的「注音字母書法體式」。民國十五年，國語統一籌備會發表了趙元任、錢玄同、劉復諸先生制定的「國語羅馬字」。民國十七年，國民政府的大學院正式公布「國語羅馬字拼音法式」，定爲「國音字母第二式」。於是國音字母有了兩種形式：一爲用古字的注音字母，一爲國語羅馬字。在政府正式決定一種字母定爲國音標準字母之前，大規模的編印拼音文字的書籍大概是不會有的事。

我們總括的觀察這三十多年的音標文字運動，可以得幾條結論。

第一、這三十多年的努力，還不曾得著一種公認爲最適用的字母。王照的官話字母確有很多缺點，所以受聲韻學者的輕視。注音字母還是承襲了王照的方法的缺點，雖然添了三個介音，可以「三拼」了，然而帶鼻音韻尾的字還是沿用王照的老法子，沒有把音素個別的分析出來。國語羅馬字當然是一大進步，因爲它在形式上採取了全國中學生都能認識的羅馬字母，又在審音方面打破了兩拼三拼的限制，使字母之數大減，而標音也更正確。國語羅馬字的將來爭點也許還在「聲調」的標誌問題。國語羅馬字若拋棄了「聲調」的標誌，當然是最簡易的字母。聲調的標誌，既然不完全根據於音理的自然，恐怕有「治絲而益棼之」的危險。依我們門外漢的看法，倒不如爽性不標聲調，使現在的音標文字做將來廢除四聲的先鋒，豈不更好？——這種評論已是題外的話了。總而言之，標準字母的不曾決定，阻礙了這三十多年的音標文字教育的進行。這是音標文字運動失敗的一個根本原因。

第二、音標文字是必須替代漢字的，而那個時期（尤其是那個時期的前半期）主張音標文字的人都還不敢明目張膽的提倡用拼音文字來替代漢字。這完全是時代的關係，我們不能過於責備他們。漢文的權威太大了，太尊嚴了，那時最大膽的人也不敢公然主張廢漢字，——其實他們就根本沒有想到漢字是應該廢的。最大膽的王照也得說：

今余私制此字母，純為多數愚稚便利之計，非敢用之於讀書臨文。（〈字母原序〉）

勞乃宣說的更明白了：

中國六書之旨，廣大精微，萬古不能磨滅。簡字（即字母）僅足為粗淺之用，其精深之義仍非用漢文不可。簡字之於漢文，但能並行不悖，斷不能稍有所妨。（《進呈簡字譜錄摺》）

又說：

今請於簡易識字學塾內附設此科。本塾正課仍以用學部課本教授漢字為主。簡字僅為附屬之科，專為不能識漢字者而設，與漢字正課並行不悖，兩不相妨。蓋資質不足以識千餘漢字之人，本無識字之望，今令識此十數簡字以代識字之用，乃增於能識漢字者之外，非分於能識漢字者之中也。（《請附設簡字一科摺》）

這樣極端推崇漢字的人，他們提倡拼音文字，只是要為漢字添一種輔助工具，不是要革漢字的命。因爲如此，所以桐城古文大家如吳汝綸、嚴復也可以贊成音標文字。吳汝綸遊日本時，一面很欽羨日本的五十假名有統一語言的功用，一面卻對日本學者說：

若文字之學，則中國故特勝，萬國莫有能逮及之者！（高田忠周《古籀篇》序）

勞乃宣最能說明這種「兩面心理」，他說：

字之為用，所以存其言之跡焉爾。……其體之繁簡難易，……各有所宜。欲其高深淵雅，則不厭繁難；取其便利敏捷，則必求簡易。（〈中國速記字譜序〉）

這種心理的基礎觀念是把社會分作兩個階級，一邊是「我們」士大夫，一邊是「他們」齊氓細民。「我們」是天生聰明睿智的，所以不妨用二三十年窗下苦功去學那「萬國莫有能逮及之」的漢字漢文。「他們」是愚蠢的，是「資質不足以識千餘漢字之人」，所以我們必須給他們一種求點知識的簡易法門。「我們」不厭繁難，而「他們」必求簡易。在這種心理狀態之下，漢文漢字的尊嚴絲毫沒有受打擊，拼音文字不過是士大夫丟給老百姓的一點恩物，決沒有代替漢文的希望。士大夫一面埋頭學作那死文字，一面提倡拼音文字，是不會有多大熱心的。

老百姓也不會甘心學那士大夫不屑學的拼音文字，因爲老百姓也曾相信「將相本無種，男兒當自強」的宗教，如果他們要子弟讀書識字，當然要他們能作八股，應科舉，做狀元宰相；他們決不會自居於「資質不足以識千餘漢字」的階級！所以提倡字母文字而沒有廢除漢字的決心，是不會成功的。這是音標文字運動失敗的又一個根本原因。

第三、音標文字只可以用來寫老百姓的活語言，而不能用來寫士大夫的死文字。換句話說，拼音文字必須用「白話」做底子，拼音文學運動必須同時是白話文學運動。提倡拼音文字而不同時提倡白話文，是單有符號而無內容，那是必定失敗的。王照最明白這一點，所以他再三說他的字母是「專拼俗話」的，「萬不可用此字母拼文詞」。王照很明白說，他的字母運動必須是一個「白話教育」的運動。但民國成立以來，政客官僚多從文士階級出身，他們大都不感覺白話文的好處，也不感覺漢文的難學；至於當權的武人，他們雖然往往不認得幾擔大字，卻因此最迷信漢文漢字，往往喜歡寫大字，作歪詩。所以到了革命以後，大家反不重視那最大多數人的教育工具了！這班政客武人的心裏好像這樣想：我們不靠老百姓的力量，也居然可以革命，可見普及教育並不是必要的了！在革命的前夕，我們還看見教育家江謙在他的〈小學教育改良芻議〉裏說：「初等小學前三年，非主用合聲簡字國語，則教育斷無普及之望。」這是很大膽的喊聲。「合聲簡字國語」即是用字母拼音的白話文。但革命之後，這種喊聲反而消沉了。民國二年的「讀音統一會」是一個文人學者的會議，他們大都是捨不得拋棄漢文漢字的；當時政府的領袖也不是重視民眾教育的。據王照的記載：

蔡子民原意專為白話教育計，絕非為讀古書注音。……而……開會宗旨規程，……先定會名曰「讀音統一」。讀音云者，讀舊書之音注也。既為讀舊書之音注，自不得違音韻學家所命之字音，則多數人通用之語言自然被摒矣。……正式開會之日，吳某（吳敬恆先生）登台演說，標出讀書注音一大題目，於白話教育之義一字不提。……余（王照）登台演說造新字母原以拼白話為緊要主義，聽者漠不為動，蓋以其與會名不合，疑為題外之文也。（書摘錄《官話字母》原書各篇後）

從拼官話的字母，退縮到讀書注音的字母，這是絕大的退步。何況那注音的字母又還被教育部委託的學者擱置到六年之久方才公布呢？在那六年之中，北京有一班學者組織了一個國語研究會，成立於民國五年。他們注意之點是統一國語的問題，比那「讀音統一」似乎進一步了；但他們的學者氣味太重，他們不知道國語的統一決不是靠一兩部讀音字典做到的，所以他們的研究工作偏向於字母的形體，六千多漢字的注音，國音字典的編纂等項，這都是漢字注音的工作。他們完全忽略了「國語」是一種活的語言；他們不知道「統一國語」是承認一種活的語言，用它做教育與文學的工具，使全國的人漸漸都能用它說話、讀書、作文。他們忽略了那活的語言，所以他們的國語統一工作只是漢字注音的工作，和國語統一無干，和白話教育也無干。這是那個音標文字運動失敗的又一個根本原因。

三

以上兩大段說的是文學革命的歷史背景。這個背景有不相關聯的兩幕：一幕是士大夫階級努力想用古文來應付一個新時代的需要，一幕是士大夫之中的明白人想創造一種拼音文字來教育那「芸芸億兆」的老百姓。這兩個潮流始終合不攏來。士大夫始終迷戀著古文字的殘骸，「以為宇宙古今之至美，無可以易吾文者」（用王樹枏《故舊文存》自序中語）。但他們又哀憐老百姓無知無識，資質太笨，不配學那「宇宙古今之至美」的古文，所以他們想用一種「便民文字」來教育小孩子，來「開通」老百姓。他們把整個社會分成兩個階級了：上等人認漢字，念八股，作古文；下等人認字母，讀拼音文字的書報。當然這兩個潮流始終合不攏來了。

他們全不了解，教育工具是徹上徹下，貫通整個社會的。小孩子學一種文字，是為他們長大時用的；他們若知道社會的「上等人」全瞧不起那種文字，全不用那種文字來著書立說，也不用那種文字來求功名富貴，他們決不肯去學，他們學了就永遠走不進「上等」社會了！

一個國家的教育工具只可有一種，不可有兩種。如果漢文漢字不配做教育工具，我們就應該下決心去廢掉漢文漢字。如果教育工具必須是一種拼音文字，那麼，全國上上下下必須一律採用這種拼音文字。如果拼音文字只能拼讀白話文，那麼，全國上上下下必須一律採用白話文。

那時候的中國知識分子是被困在重重矛盾之中的：

㈠他們明知漢文漢字太繁難，不配作教育的工具，可是他們總不敢說漢文漢字應該廢除。

㈡他們明知白話文可以作「開通民智」的工具，可是他們自己總瞧不起白話文，總想白話文只可用於無知百姓，而不可用於上流社會。

㈢他們明白音標文字是最有效的教育工具，可是他們總不信這種音標文字是應該用來替代漢文漢字的。

這種種矛盾都由於缺乏一個自覺的文學革命運動。當時缺乏三種自覺的革命見解：

第一、那種所謂「宇宙古今之至美」的古文學是一種僵死了的殘骸，不值得我們的迷戀。

第二、那種所謂「引車賣漿之徒」的俗話是有文學價值的活語言，是能夠產生有價值有生命的文學的，並且早已產生出無數人人愛讀的文學傑作來了。

第三、因為上面的兩層理由，我們必須推倒那僵死的古文學，建立那有生命有價值的白話文學。

只有這些革命的見解可以解決上述的重重矛盾。打破了那「宇宙古今之至美」的迷夢，漢文的尊嚴和權威自然倒下來了。承認了那「引車賣漿之徒」的文學是中國正宗，白話文自然不會受社會的輕視了。有了活的白話文學的作品做底子，如果我們還要進一步提倡音標文字，那個音標文字運動成功的可能性就大得多了。

民國五、六年起來的中國文學革命運動，正是要供給這個時代所缺乏的幾個根本見解。我在〈逼上梁山〉一篇自述裏，很忠實的記載了這個文學革命運動怎樣「偶然」在國外發難的歷史。我的朋友陳獨秀先生曾說：

> 常有人說，白話文的局面是胡適之陳獨秀一班人鬧出來的。其實這是我們的不虞之譽。中國近來產業發達，人口集中，白話文完全是應這個需要而發生而存在的。適之等若在三十年前提倡白話文，只需章行嚴一篇文章便駁得煙消灰滅。此時章行嚴的崇論宏議有誰肯聽？（《科學與人生觀》序）

獨秀這番議論是站在他的經濟史觀立場說的。我的〈逼上梁山〉一篇，雖然不是答覆他的，至少可以說明歷史事實的解釋不是那麼簡單的，不是一個「最後之因」就可以解釋了的。即如一千一百年前的臨濟和尚和德山和尚的徒弟們，在他們的禪林裏聽講，忽然不用古文，而用一種生辣痛快的白話文來記載他們老師的生辣痛快的說話，就開創了白話散文的「語錄體」。這件史實和「產業發達，人口集中」有什麼相干！白話文產生了無數的文學傑作之後，忽然出了一個李夢陽，又出了一個何景明，他們提倡文學復古，散文回到秦漢，詩回到盛唐，居然也可以轟動一時，成爲風氣。後來方苞、姚鼐、曾國藩諸人出來，奠定桐城派古文的權威，也一樣的轟動一時，成爲風氣。這些史實，難道都和產業的發達不發達，人口的集中不集中，有什麼因果的關係！文學史上的變遷，「代有升降，而決不相沿，各極其變，各窮其趣」（用袁宏道的話），其中各有多元的，個別的，個人傳記的原因，都不能用一個「最後之因」去解釋說明。

中國白話文學的運動當然不完全是我們幾個人鬧出來的，因爲這裏的因子是很複雜的。我們至少可以指出這些最重要的因子：第一是我們有了一千多年的白話文學作品；禪門語錄，理學語錄，白話詩詞曲子，白話小說。若不靠這一千多年的白話文學作品把白話寫定了，白話文學的提倡必定和提倡拼音文字一樣的困難，決不能幾年之內風行全國。第二是我們的老祖宗在兩千年之中，漸漸的把一種大同小異的「官話」推行到了全國的絕大部分：從滿洲里直到雲南，從河套直到桂林，從丹陽直到川邊，全是官話區域。若沒有這一大塊地盤的人民全說官話，我們的「國語」問題就無從下手了。第三是我們的海禁開了，和世界文化接觸了，有了參考比較的資料，尤其是歐洲近代國家的國語文學次第產生的歷史，使我們明瞭我們自己的國語文學的歷史，使我們放膽主張建立我們自己的文學革命。——這些都是超越個人的根本因素，都不是我們幾個人可以操縱的，也不是「產業發達，人口集中」一個公式可以包括的。

此外，還有幾十年的政治的原因。第一是科舉制度的廢除（一九〇五）。八股廢了，試帖詩廢了，策論又跟著八股試帖廢了，那籠罩全國文人心理的科舉制度現在不能再替古文學做無敵的保障了。第二是滿清帝室的顚覆，專制政治的根本推翻，中華民國的成立（一九一一—一九一二）。這個政治大革命雖然不算大成功，然而它是後來種種革新事業的總出發點，因爲那個頑固腐敗勢力的大本營若不顚覆，一切新人物與新思想都不容易出頭。戊戌（一八九八）的百日維新，當不起一個頑固老太婆的一道諭旨，就全盤推翻了。獨秀說：

> 適之等若在三十年前提倡白話文，只需章行嚴一篇文章便駁得煙消灰滅。

這話是很有理的。我們若在滿清時代主張打倒古文，採用白話文，只需一位御史的彈本就可以封報館捉拿人了。但這全是政治的勢力，和「產業發達，人口集中」無干。當我們在民國時代提倡白話文的時候，林紓的幾篇文章並不曾使我們煙消灰滅，然而徐樹錚和安福部的政治勢力卻一樣能封報館捉人。今日的「產業發達，人口集中」豈不遠過民國初元了？然而一兩個私人的政治勢力也往往一樣可以阻礙白話文的推行發展。幸而帝制推倒以後，頑固的勢力已不能集中作威福了，白話文運動雖然時時受點障害，究竟還不到「煙消灰滅」的地步。這是我們不能不歸功到政治革命的先烈的。

至於我們幾個發難的人，我們也不用太妄自菲薄，把一切都歸到那「最後之因」。陸象山說得最好：

且道天地間有個朱元晦陸子靜，便添得些子。無了後便減得些子。

白話文的局面，若沒有「胡適之、陳獨秀一班人」，至少也得遲出現二三十年。這是我們可以自信的。〈逼上梁山〉一篇是要用我保存的一些史料來記載一個思想產生的歷史。這個思想不是「產業發達，人口集中」產生出來的，是許多個別的，個人傳記所獨有的原因合攏來烘逼出來的。從清華留美學生監督處一位書記先生的一張傳單，到凱約嘉湖上一隻小船的打翻；從進化論和實驗主義的哲學，到一個朋友的一首打油詩；從但丁（Dante）、趙叟（Chaucer）、馬丁路德（Martin Luther）諸人的建立意大利英吉利德意志的國語文學，到我兒童時代偷讀的《水滸傳》、《西遊記》、《紅樓夢》：——這種種因子都是獨一的，個別的；他們合攏來，逼出我的「文學革命」的主張來。我想，如果獨秀肯寫他的自傳，他的思想轉變的因素也必定有同樣的複雜，也必定不是經濟史觀包括得了的。治歷史的人應該向這種傳記材料裏去尋求那多元的，個別的因素，而不應該走偷懶的路，妄想用一個「最後之因」來解釋一切的歷史事實。無論你抬出來的「最後之因」是「神」，是「性」，是「心靈」，或是「生產方式」，都可以解釋一切歷史：但是，正因為個個「最後之因」都可以解釋一切歷史，所以都不能解釋任何歷史了！等到你祭起了你那「最後之因」的法寶解決一切歷史之後，你還得解釋「同在這個『最後之因』之下，陳獨秀為什麼和林琴南不同？胡適為什麼和梅光迪、胡先驌不同？」如果你的「最後之因」可以解釋胡適，同時又可以解釋胡先驌，那豈不是同因而不同果，你的

「因」就不成眞因了。所以凡可以解釋一切歷史的「最後之因」，都是歷史學者認爲最無用的玩意兒，因爲他們其實都不能解釋什麼具體的歷史事實。

四

現在我們可以敘述中國新文學運動的理論了。

簡單說來，我們的中心理論只有兩個：一個是我們要建立一種「活的文學」，一個是我們要建立一種「人的文學」。前一個理論是文字工具的革新，後一種是文學內容的革新。中國新文學運動的一切理論都可以包括在這兩個中心思想的裏面。

我最初提出的「八事」，和獨秀提出的「三大主義」，都顧到形式和內容的兩方面。我提到「言之有物」，「不模仿古人」，「不作無病之呻吟」，都是文學內容的問題。獨秀提出的三大主義——推倒貴族文學，建設國民文學；推倒古典文學，建設寫實文學；推倒山林文學，建設社會文學，——也不曾把內容和形式分開。錢玄同先生響應我們的第一封信也不曾把這兩方面分開。但我們在國外討論的結果，早已使我們認清這回作戰的單純目標只有一個，就是用白話來作一切文學的工具。我在一九一六年七月，就有了這幾條結論：

今日之文言乃是一種半死的文字，今日之白話是一種活的語言。白話不但不鄙俗，而且甚優美適用。白話並非文言之退化，乃是文言之進化。白話可以產生第一流文學，已產生小說、戲劇、語錄、詩詞，此四者皆有史事可證。白話的文學為中國千年來僅有之文學；其非白話文學，皆不足與於第一流文學之列。

所以我的總結論是：

今日所需乃是一種可讀、可聽、可歌、可講、可記的言語。要讀書不須口譯，演說不須筆譯，要施諸講壇舞台而皆可，誦之村嫗婦孺皆可懂。不如此者，非活的言語也，決不能成為吾國之國語也，決不能產生第一流的文學也。（看〈逼上梁山〉第四節）

所以我的〈文學改良芻議〉的最後一條就是提出這個主張：

……以今世歷史進化的眼光觀之，則白話文學之為中國文學之正宗，又為將來文學必用之利器，可斷言也。以此之故，吾主張今日作文作詩宜採用俗語俗字。與其用三千年前之死字，不如用二十世紀之活字；與其用不能行遠、不能普及之秦漢六朝文字，不如作家喻戶曉之《水滸》、《西遊》文字也。

這個「白話文學工具」的主張，是我們幾個青年學生在美洲討論了一年多的新發明，是向來論文學的人不曾自覺的主張的。凡向來舊文學的一切弊病，——如駢偶，如用典，如爛調套語，如模仿古人，——都可以用這一個新工具掃的乾乾淨淨。獨秀指出舊文學該推倒的種種毛病，——雕琢，阿諛，陳腐，鋪張，迂晦，艱澀，——也都可以用這一把斧頭砍的乾乾淨淨。例如我們那時談到「不用典」一項，我們自己費了大勁，說來說去總說不圓滿；後來玄同指出用白話可以「驅除用典」了，正是一針見血的話。

所以文學革命的作戰方略，簡單說來，只有「用白話作文作詩」一條是最基本的。這一條中心理論，有兩個方面：一面要推倒舊文學，一面要建立白話為一切文學的工具。在那破壞的方面，我們當時採用的作戰方法是「歷史進化的文學觀」，就是說：

> 文學者，隨時代而變遷者也。一時代有一時代之文學，……各因時勢風會而變，各有其特長。……唐人不當作商周之詩，宋人不當作相如子雲之賦，即令作之，亦必不工。逆天背時，故不能工也。……今日之中國，當造今日之文學。（〈文學改良芻議〉二）

後來我在〈歷史的文學觀念論〉裏，又詳細說明這個見解。這種思想固然是達爾文以來進化論的影響，但中國文人也曾有很明白的主張文學隨時代變遷的。最早倡此說的是明朝晚期公安袁氏三弟兄（看袁宗道的〈論文上下〉；袁宏道的〈雪濤閣集序〉、〈小修詩敘〉；袁中道的〈花雪賦引〉、〈宋元詩序〉。諸篇均見沈啟无編的《近代散文抄》，北平人文書店出版）。清朝乾隆時代的詩人袁枚、趙翼也都有這種見解，大概都頗受了三袁的思想的影響。我當時不曾讀袁中郎弟兄的集子；但很愛讀《隨園集》中討論詩的變遷的文章。我總覺得，袁枚雖然明白了每一時代應有那個時代的文學，他的歷史眼光還不能使他明白他們那個時代的文學正宗已不是他們作古文古詩的人，而是他們同時代的吳敬梓、曹雪芹了。

我們要用這個歷史的文學觀來做打倒古文學的武器，所以屢次指出古今文學變遷的趨勢，無論在散文或韻文方面，都是走向白話文學的大路。

夫白話之文學，不足以取富貴，不足以邀聲譽，不列於文學之正宗，而卒不能廢絕者，豈無故耶？豈不以此為吾文學趨勢自然如此，故不可禁遏而日以昌大耶？愚以深信此理，故又以為今日之文學當以白話文學為正宗。（〈歷史的文學觀念論〉）

從文學史的趨勢上承認白話文學爲「正宗」。這就是正式否認駢文古文律詩古詩是「正宗」。這是推翻向來的正統，重新建立中國文學史上的正統。所以我說：

然則吾輩又何必攻古文家乎？吾輩主張「歷史的文學觀念」，而古文家則反對此觀念也。吾輩以為今人當造今人之文學，而古文家則以為今人作文必法馬班韓柳，其不法馬班韓柳者非文學之「正宗」也。吾輩之攻古文家，正以其不明文學之趨勢而強欲作一千年二千年以上之古文。此說不破，則白話之文學無有列為文學正宗之一日，而世之文人將猶鄙薄之以為小道邪徑而不肯以全力經營造作之。如是，則吾國將永無以全副精神實地試驗白話文學之日。夫不以全副精神造文學而望文學之發生，此猶不耕而求獲，不食而求飽也，亦終不可得矣。施耐庵、曹雪芹諸人所以能有成者，正賴其有特別膽力，能以全力為之耳。（同上）

我們特別指出白話文學是中國文學史上的「自然趨勢」，是不夠打倒死文學的權威的，必須還有一種自覺的，有意的主張，方才能夠做到文學革命的效果。歐洲近代國語文學的起來，都有這種自覺的主張，所以收效最快。中國有了一千多年的白話文學，只因爲無人敢公然主張用白話文學來替代古文學，所以白話文學始終只是民間的「俗文學」，不登大雅之堂，不能取死文學而代之。我們再三指出這個文學史的自然趨勢，是要利用這個自然趨勢所產生的活文學來正式替代古文學的正統地位。簡單說來，這是用誰都不能否認的歷史事實來做文學革命的武器。

我特別注重這個歷史的看法，這固然是我個人的歷史癖，但在當時這種新的文學史見解不但是需要的，並且是最有效的武器。國內一班學者文人並非不熟中國歷史上的重要事實，他們所缺乏的只是一種新的看法。譬如孔子，舊看法是把他看作「德侔天地，道冠古今」的大聖人，新看法是把他看作許多哲人裏面的一個。把孔子排在老子、墨子一班人之中，用百家平等的眼光去評量他們的長短得失，我們就當然不會過分的崇拜迷信孔子了。文學史也是一樣的。舊日講文學史的人，只看見了那死文學的一線相承，全不看見那死文學的同時還有一條「活文學」的路線。他們只看見韓愈、柳宗元，卻不知道韓、柳同時還有幾個偉大的和尚正在那兒用生辣痛快的白話來講學。他們只看見許衡、姚燧、虞集、歐陽玄，卻不知道許衡、姚燧、虞集、歐陽玄同時還有關漢卿、馬東籬、貫酸齋等等無數的天才正在那兒用漂亮樸素的白話來唱小曲，編雜劇。他們只看見了李夢陽、何景明、王世貞，至多只看見了公安、竟陵的偏鋒文學，他們卻看不見何、李、袁、譚諸人同時還有無數的天才正在那兒用生動美麗的白話來創作《水滸傳》、《金瓶梅》、《西遊記》和「三言」、「二拍」的短篇小說，《劈破玉》、《打棗竿》、《掛枝兒》的小曲子。他們只看見了方苞、姚鼐、惲敬、張惠言、曾國藩、吳汝綸，他們全不看見方、姚、曾、吳同時還有更偉大的天才正在那兒用流麗深刻的白話來創作《醒世姻緣》、《儒林外史》、《紅樓夢》、《鏡花緣》、《海上花列傳》。我們在那時候所提出的新的文學史觀，正是要給全國讀文學史的人們戴上一副新的眼鏡，使他們忽然看見那平時看不見的瓊樓玉宇，奇葩瑤草，使他們忽然驚嘆天地之大，歷史之全！大家戴了新眼鏡去重看中國文學史，拿《水滸傳》、《金瓶梅》來比當時的正統文學，當然不但何、李的假古董不值得一笑，就是公安、竟陵也都成了扭扭捏捏的小家子了！拿《儒林外史》、《紅樓夢》來比方、姚、曾、吳，也當然再不會發那「舉天下之美，無以易乎桐城姚氏者也」的傖陋見解了！所以那歷史進化的文學觀，初看去好像貌不驚人，其實是一種「哥白尼的天文革命」：哥白尼用太陽中心說代替了地中心說，此話一出就使天地易位，宇宙變色；歷史進化的文學觀用白話正統代替了古文正統，就使那「宇宙古今之至美」從那七層寶座上倒栽下來，變成了「選學妖孽，桐城謬種」！（這兩個名詞是玄同創的。）從「正宗」變成了「謬種」，從「宇宙古今之至美」變成了「妖魔」、「妖孽」，這是我們的「哥白尼革命」。

在建設的方面，我們主張要把白話建立爲一切文學的唯一工具。所以我回國之後，決心把一切枝葉的主張全拋開，只認定這一個中心的文學工具革命論是我們作戰的「四十二生的大砲」。這時候，蔡元培先生介紹北京國語研究會的一班學者和我們北大的幾個文學革命論者會談。他們都是抱著「統一國語」的弘願的，所以他們主張要先建立一種「標準國語」。我對他們說：標準國語不是靠國音字母或國音字典定出來的。凡標準國語必須是「文學的國語」，就是那有文學價值的國語。國語的標準是偉大的文學家定出來的，決不是教育部的公文定得出來的。國語有了文學價值，自然受文人學士的欣賞使用，然後可以用來做教育的工具，然後可以用來做統一全國語言的工具。所以我主張，不要管標準的有無，先從白話文學下手，先用白話來努力創造有價值有生命的文學。

所以我在民國七年四月發表〈建設的文學革命論〉，把文學革命的目標化零爲整，歸結到「國語的文學，文學的國語」十個大字：

我們所提的文學革命，只是要替中國創造一種國語的文學。有了國語的文學，方才可以有文學的國語。有了文學的國語，我們的國語才可算得真正國語。國語沒有文學，便沒有價值，便不能成立，便不能發達。

這是〈建設的文學革命論〉的大旨。這時候，我們一班朋友聚在一處，獨秀、玄同、半農諸人都和我站在一條線上，我們的自信心更強了。獨秀早已宣言：

改良中國文學，當以白話為文學正宗之說，其是非甚明，必不容反對者有討論之餘地，必以吾輩所主張為絕對之是，而不容他人之匡正也。（六年五月）

玄同也極端贊成這幾句話。他說：

此等論調雖若過悍，然對於迂謬不化之選學妖孽與桐城謬種，實不能不以如此嚴厲面目加之。（六年七月二日寄胡適書）

我受了他們的「悍」化，也更自信了。在那篇文裏，我也武斷的說：

這二千年的文人所做的文學都是死的，都是用已經死了的語言文字做的。死文字決不能產出活文學。所以中國這二千年只有些死文學，只有些沒有價值的死文學。……中國若想有活文學，必須用白話，必須用國語，必須做國語的文學。

在下文我提出「文學的國語」的問題：

我們提倡新文學的人，儘可不必問今日中國有無標準國語，我們儘可努力去作白話的文學。我們可儘量採用《水滸》、《西遊記》、《儒林外史》、《紅樓夢》的白話；有不合今日的用的，便不用他；有不夠用的，便用今日的白話來補助；有不得不用文言的，便用文言來補助。這樣做去，決不愁語言文字不夠用，也決不愁沒有標準國語。中國將來的新文學用的白話，就是將來中國的標準國語。造中國將來白話文學的人，就是制定標準國語的人。

我的家鄉土話是離官話很遠的；我在學校裏學得的上海話也不在官話系統之內。我十六七歲時在《競業旬報》上寫了不少的白話文，那時我剛學四川話。我寫的白話差不多全是從看小說得來的。我的經驗告訴我：《水滸》《紅樓》《西遊》《儒林外史》一類的小說早已給了我們許多白話教本，我們可以從這些小說裏學到寫白話文的技能。所以我大膽的勸大家不必遲疑，儘量的採用那些小說的白話來寫白話文。其實那個時代寫白話詩文的許多新作家，沒有一個不是從舊小說裏學來的白話做起點的。那些小說是我們的白話老師，是我們的國語模範文，是我們的國語「無師自通」速成學校。

直到《新潮》出版之後，傅斯年先生在他的〈怎樣作白話文〉裏，才提出兩條最重要的修正案。他主張：第一、白話文必須根據我們說的活語言，必須先講究說話。話說好了，自然能作好白話文。第二、白話文必不能避免「歐化」，只有歐化的白話方才能夠應付新時代的新需要。歐化的白話文就是充分吸收西洋語言的細密的結構，使我們的文字能夠傳達複雜的思想，曲折的理論。傅先生提出的兩點，都是最中肯的修正。舊小說的白話實在太簡單了，在實際應用上，大家早已感覺有改變的必要了。初期的白話作家，有些是受過西洋語言文字的訓練的，他們的作風早已帶有不少的「歐化」成分。雖然歐化的程度有多少的不同，技術也有巧拙的不同，但明眼的人都能看出，凡具有充分吸收西洋文學的法度的技巧的作家，他們的成績往往特別好，他們的作風往往特別可愛。所以歐化白話文的趨勢可以說是在白話文學的初期已開始了。傅先生的另一個主張，——從說話裏學作白話文，——在那個時期還不曾引起一般作家的注意。中國文人大都是不講究說話的，況且有許多作家生在官話區域以外，說官話多不如他們寫白話的流利。所以這個主張言之甚易，而實行甚難。直到最近時期，才有一些作家能夠忠實的描摹活的語言的腔調神氣，有時還能充分採納各地的土話。近年小說最能表示這個趨勢。近年白話文學的傾向是一面大膽的歐化，一面又大膽的方言化，就使白話文更豐富了。傅先生指出的兩個方向，可以說是都開始實現了。

我們當時抬出「國語的文學，文學的國語」的作戰口號，做到了兩件事：一是把當日那半死不活的國語運動救活了；一是把「白話文學」正名為「國語文學」，也減少了一般人對於「俗語」、「俚語」的厭惡輕視的成見。

我們在前一章已說過，民元以後的音標文字運動變成了讀音注音的運動，變成了紙上的讀音統一運動。他們雖然也有小學國文教科書改用國語的議論，但古文學的權威未倒，白話文學的價值未得一般文人的承認，他們的議論是和前一期的拼音文字運動同樣的無力量的。士大夫自己若不肯用拼音文字，我們就不能用拼音文字教兒童和老百姓；士大夫自己若不肯作白話文，我們也不配用白話教兒童和老百姓。我們深信：若要把白話變成教育的工具，我們必須先把白話認作最有價值最有生命的文學工具。所以我們不管那班國語先生們的注音工作和字典工作，我們只努力提倡白話的文學，國語的文學。國語先生們到如今還不能決定國語應該用「京音」（北平語）作標準，還是用「國音」（讀音統一會公決的國音）作標準。他們爭了許久，才決定用「北平曾受中等教育的人的口語」為國語標準。但是我們提倡國語文學的人，從來不發生這種爭執。《紅樓夢》、《兒女英雄傳》的北京話固然是好白話，《儒林外史》和《老殘遊記》的中部官話也是好白話。甚至於《海上花列傳》的用官話敘述，用蘇州話對白，我們也承認是很好的白話文學。甚至於歐化的白話，只要有藝術的經營，我們都承認是正當的白話文學。這二十年的白話文學運動的進展，把「國語」變豐富了，變新鮮了，擴大了，加濃了，更深刻了。

我在那時曾提出一個歷史的「國語」定義。我說：

我們如果考察歐洲近世各國國語的歷史，我們應該知道沒有一種國語是先定了標準才發生的；沒有一國不是先有了國語然後有所謂標準的。凡是國語的發生，必是先有了一種方言比較的通行最遠，比較的產生了最多的活文學，可以採作國語的中堅分子；這個中堅分子的方言，逐漸推行出去，隨時吸收各地方言的特別貢獻，同時便逐漸變換各地的土話；這便是國語的成立。有了國語，有了國語的文學，然後有些學者起來研究這種國語的文法、發音法等等；然後有字典、詞典、文典、言語學等等出來；這才是國語標準的成立。（〈國語講習所同學錄序〉，九年五月）

國語必須是一種具有雙重資格的方言：第一須流行最廣，第二已產生了有價值的文學。流行最廣，所以了解的人多；已產生了文學，所以有寫定的符號可用。一般人似乎不很明白這二個條件的重要。我們試看古白話的文件，「什麼」或作「是沒」，或作「是勿」；「這個」或作「者箇」，或作「遮箇」；「呢」字古人寫作「聻」字；「們」字古寫作「懣」字、「每」字。自從幾部大小說出來之後，這些符號才漸漸統一了。文字符號寫定之後，語言的教學才容易進行。所以一種方言必非具有那兩重條件，方才有候補國語的資格：

我們現在提倡的國語，也有一個中堅分子，就是那從東三省到四川、雲南、貴州，從長城到長江流域，最通行的一種大同小異的普通話。這種普通話在這七八百年中已產生了一些有價值的文學，已成了通俗文學——從《水滸傳》《西遊記》直到《老殘遊記》——的利器。它的勢力，借著小說和戲劇的力量，加上官場和商人的需要，早已侵入那些在國語區域以外的許多的地方了。現在把這種已很通行又已產生文學的普通話認為國語，推行出去，使它們成為全國學校教科書的用語，使它成為全國報紙雜誌的文學，使它成為現代和將來的文學用語：這是建立國語的唯一方法。（同上）

這是我們在建立國語方面的中心理論。

……

總而言之，我們所謂「活的文學」的理論，在破壞方面只是說「死文字決不能產生活文學」，只是要用一種新的文學史觀來打倒古文學的正統而建立白話文學爲中國文學的正宗；在建設方面只是要用那向來被文人輕視的白話來做一切文學的唯一工具，要承認那流行最廣而又產生了許多第一流文學作品的白話是有「文學的國語」的資格的，可以用來創造中國現在和將來的新文學，並且要用那「國語的文學」來做統一全民族的語言的唯一工具。

至今還有一班人信口批評當日的文學革命運動，嘲笑它只是一種「文字形式」的改革。對於這班人的批評，我在十六年前早已給他們留下答覆了，那時候我說：

近來稍稍明白事理的人，都覺得中國文學有改革的必要。即如我的朋友任叔永他也說：「烏乎！適之！吾人今日言文學革命，乃誠見今日文學有不可不改革之處，非特文言白話之爭而已。」甚至於南社的柳亞子也要高談文學革命。但是他們的文學革命論只提出一種空蕩蕩的目的，不能有一種具體進行的計劃。他們都說文學革命決不是形式上的革命，決不是文言白話的問題。等到有人問他們究竟他們所主張的革命「大道」是什麼，他們可回答不出了。這種沒有具體計劃的革命，——無論是政治的是文學的——決不能發生什麼效果。我們認定文字是文學的基礎，故文學革命的第一步就是文字問題的解決。我們認定「死文字定不能產生活文學」，故我們主張若要造一種活的文學，必須用白話來做文學的工具。我們也知道單有白話未必就能造出新文學：我們也知道新文學必須要有新思想做裏子。但是我們認定文學革命須有先後的程序：先要做到文字體裁的大解放，方才可以用來做新思想新精神的運輸品。我們認定白話實在有文學的可能，實在是新文學的唯一利器。（《嘗試集》自序，八年八月）

我在十六年前也曾給他們留下更明白的答覆：

文學革命的運動，不論古今中外，大概都是從「文的形式」一方面下手，大概都是先要求語言文字文體等方面的大解放。歐洲三百年前各國的國語文學起來替代拉丁文學時，是語言文字的大解放：十八十九世紀法國囂俄、英國華茨活等人所提倡的文學改革，是詩的語言文字的解放。……這一次中國文學的革命運動，也是先要求語言文字和文體的解放。新文學的語言是白話的，新文學的文體是自由的，是不拘格律的。初看起來，這都是「文的形式」一方面的問題，算不得重要。卻不知道形式和內容有密切的關係。形式上的束縛，使精神不能有自由發展，使良好的內容不能充分表現。若想有一種新內容和新精神，不能不先打破那些束縛精神的枷鎖鐐銬。（〈談新詩〉，八年十月）

現在那些說俏皮話的「文學革命家」爲什麼不回到二十年前的駢文古文裏去尋求他們的革命「大道」呢？

五

現在要說說中國新文學運動的第二個作戰口號：「人的文學」。

我在上文已說過，我們開始也曾顧到文學的內容的改革。例如玄同先生和我討論中國小說的長信，就是文學內容革新的討論。但當那個時期，我們還沒有法子談到新文學應該有怎樣的內容。世界的新文藝都還沒有踏進中國的大門裏，社會上所有的西洋文學作品不過是林紓翻譯的一些十九世紀前期的作品，其中最高的思想不過是迭更司的幾部社會小說；至於代表十九世紀後期的革新思想的作品都是國內人士所不曾夢見。所以在那個貧乏的時期，我們實在不配談文學內容的革新，因爲文學內容是不能懸空談的，懸空談了也決不會發生有力的影響。例如我在〈文學改良芻議〉裏曾說文學必須有「高遠之思想，眞摯之情感」，那就是懸空談文學內容了。

民國七年一月《新青年》復活之後，我們決心做兩件事：一是不作古文，專用白話作文；一是翻譯西洋近代和現代的文學名著。那一年的六月裏，《新青年》出了一本「易卜生專號」，登出我和羅家倫先生合譯的《娜拉》全本劇本，和陶履恭先生譯的《國民之敵》劇本。這是我們第一次介紹西洋近代一個最有力量的文學家，所以我寫了一篇〈易卜生主義〉。在那篇文章裏，我借易卜生的話來介紹當時我們新青年社的一班人公同信仰的「健全的個人主義」。易卜生說：

> 我所最期望於你的是一種真正純粹的為我主義，要使你有時覺得天下只有關於你的事最要緊，其餘的都算不得什麼。……你要想有益於社會，最好的法子莫如把你自己這塊材料鑄造成器。……有時候，我真覺得全世界都像海上撞沉了的船，最要緊的還是救出自己。

娜拉拋棄了他的丈夫兒女，深夜出門走了，爲的是他相信自己「是一個人」，他有對他自己應盡的神聖責任：「無論如何，我務必努力做一個人！」《國民之敵》劇本裏的主人翁斯鐸曼醫生寧可叫全體市民給他加上「國民之敵」的徽號，而不肯不說老實話，不肯不宣揚他所認得的眞理。他最後宣言道：「世上最強有力的人就是那最孤立的人！」這樣特立獨行的人格就是易卜生要宣傳的「眞正純粹的個人主義」。

次年（七年）十二月裏，《新青年》（五卷六號）發表周作人先生的〈人的文學〉。這是當時關於改革文學內容的一篇最重要的宣言。他開篇就說：

我們現在應該提倡新的文學，簡單的說一句，是「人的文學」，應該排斥的，便是反對的非人文學。

他解釋這個「人」字如下：

我所說的人，乃是「從動物進化的人類」。其中有兩個要點：㈠「從動物」進化的，㈡從動物「進化」的。

我們承認人是一種生物，他的生活現象與別的動物並無不同。所以我們相信人的一切生活本能都是美的善的，應得完全滿足。凡有違反人性不自然的習慣制度，都應排斥改正。

但我們又相信人是一種從動物進化的生物，他……有能改造生活的力量。所以我們相信人類以動物的生活為生存的基礎，而其內面生活卻漸與動物相遠，終能達到高尚和平的境地。凡獸性的餘留，與古代禮法可以阻礙人性向上的發展者，也都應排斥改正。……換一句話說，所謂從動物進化的人，也便是指「靈肉一致」的人。……人的理想生活……首先便是改良人類的關係，……須營一種利己而又利他，利他即是利己的生活。第一、便是各人以心力的勞作換得適當的衣食住與醫藥，能保持健康的生存。第二、革除一切人道以下或人力以上的因襲的禮法，使人人能享自由真實的幸福生活。我所說的人道主義，並非世間所謂「悲天憫人」或「博施濟眾」的慈善主義！乃是一種個人主義的人間本位主義。……用這人道主義為本，對於人生諸問題加以記錄研究的文字，便謂之「人的文學」。

這是一篇最平實偉大的宣言（他的詳細節目，至今還值得細讀）。周先生把我們那個時代所要提倡的種種文學內容，都包括在一個中心觀念裏，這個觀念他叫做「人的文學」。他要用這一個觀念來排斥中國一切「非人的文學」（他列舉了十大類），來提倡「人的文學」。他所謂「人的文學」，說來極平常，只是那些主張「人情以內，人力以內」的「人的道德」的文學。

在周作人先生所排斥的十類「非人的文學」之中，有《西遊記》、《水滸》、《七俠五義》，等等。這是很可注意的。我們一面誇讚這些舊小說的文學工具（白話），一面也不能不承認他們的思想內容實在不高明，夠不上「人的文學」。用這個新標準去評估中國古今的文學，眞正站得住腳的作品就很少了。所以周先生的結論是：「還須介紹譯述外國的著作，擴大讀者的精神，眼裏看見了世界的人類，養成人的道德，實現人的生活。」

關於文學內容的主張，本來往往含有個人的嗜好，和時代潮流的影響。《新青年》的一班朋友在當年提倡這種淡薄平實的「個人主義的人間本位」，也頗能引起一班青年男女向上的熱情，造成一個可以稱爲「個人解放」的時代。然而當我們提倡那種思想的時候，人類正從一個「非人的」血戰裏逃出來，世界正在起一種激烈的變化。在這個激烈的變化裏，許多制度與思想又都得經過一種「重新估價」。十幾年來，當日我們一班朋友鄭重提倡的新文學內容漸漸受一班新的批評家的指摘，而我們一班朋友也漸漸被人喚作落伍的維多利亞時代的最後代表者了！

那些更新穎的文學議論，不在我們編的這一冊的範圍之中，我們現在不討論了。

六

我在這篇導言裏，只做到了兩點：第一是敘述並補充了文學革命的歷史背景（音標文字運動的部分是補充的）；第二是簡單的指出了文學革命的兩個中心理論的涵義，並且指出了這一次文學革命的主要意義實在只是文學工具的革命。這一冊的題目是「建設理論集」，其實也可以叫做「革命理論集」，因爲那個文學革命一面是推翻那幾千年因襲下來的死工具，一面是建立那千年來已有不少文學的成績的活工具；用那活的白話文學來替代那死的古文學，可以叫做大破壞，可以叫做大解放，也可以叫做「建設的文學革命」。

在那個文學革命的稍後一個時期，新文學的各個方面（詩、小說、戲劇、散文）都引起了不少的討論。引起討論最多的當然第一是詩，第二是戲劇。這是因為新詩和新劇的形式和內容都需要一種根本的革命；詩的完全用白話，甚至於不用韻，戲劇的廢唱等等，其革新的成分都比小說和散文大的多，所以他們引起的討論也特別多。文學革命在海外發難的時候，我們早已看出白話散文和白話小說都不難得著承認，最難的大概是新詩，所以我們當時認定建立新詩的唯一方法是要鼓勵大家來用白話作新詩。後來作新詩的人多了，有些是受了英美民族的文學的影響比較多的，於是新詩的理論也就特別多了。中國舊戲雖然已到了末路，但在當時也還有不少迷信唱工台步臉譜的人，所以在那擁護舊戲和主張新劇的爭論裏，也產生了一些關於戲劇的討論。

我在本文開篇時說過，「人們要用你結的果子來評判你」，文學革命的第一個十年結的果子就是那近十年來努力創作的成績。我們看了這二十年的新文學創作的成績，至少可以說，中國文學革命運動不是一個不孕的女人，不是一株不結實的果子樹。耶穌在山上很感動的說：「收成是好的，可惜做工的人太少了！」中國文學革命的歷史的基礎全在那一千年中這兒那兒的一些大膽的作家，因為忍不住藝術的引誘，創作出來的一些白話文學。中國文學革命將來的最後勝利，還得靠今後的無數作家，在那點歷史的基礎之上，在這二十年來的新闢的園地之上，努力建築起無數的偉大高樓大廈來。

在文學革命的初期提出的那些個別的問題之中，只有一個問題還沒有得著充分的注意，也沒有多大的進展，——那就是漢字改用音標文字的問題（看錢玄同先生〈中國今後之文學問題〉，和傅斯年先生的〈漢語改用拼音文字的初步談〉兩篇）。我在上文已說過，拼音文字只可以拼活的白話，不能拼古文；在那個古文學的權威毫未動搖的時代，大家看不起白話，更沒有用拼音文字的決心，所以音標文字的運動不會有成功的希望。如果因爲白話文學的奠定和古文學的權威的崩潰，音標文字在那不很遼遠的將來能夠替代了那方塊的漢字做中國四萬萬人的教育工具和文學工具了，那才可以說是中國文學革命的更大收穫了。

民國二十四年九月三日

※本文係胡適先生專為一九三五年上海良友圖書出版的《中國新文學大系》第一冊寫的〈導言〉。——編輯注

附錄

文學革命論

陳獨秀

今日莊嚴燦爛之歐洲，何自而來乎？曰，革命之賜也。歐語所謂革命者，為革故更新之義，與中土所謂朝代鼎革，決不相類；故自文藝復興以來，政治界有革命，宗教界亦有革命，倫理道德亦有革命，文學藝術，亦莫不有革命，莫不因革命而新興而進化。近代歐洲文明史，直可謂之「革命史」。故曰，今日莊嚴燦爛之歐洲，乃革命之賜也。

吾苟偷庸懦之國民，畏革命如蛇蠍，故政治界雖經三次革命，而黑暗未嘗稍減。其原因之小部分，則為三次革命，皆虎頭蛇尾，未能充分以鮮血洗淨舊污；其大部分，則為盤踞吾人精神界根深底固之倫理、道德、文學、藝術諸端，莫不黑幕層張，垢污深積，並此虎頭蛇尾之革命而未有焉。此單獨政治革命所以於吾之社會，不生若何變化，不收若何效果也。推其總因，乃在吾人疾視革命，不知其為開發文明之利器故。

孔教問題，方喧呶於國中，此倫理道德革命之先聲也。文學革命之氣運，醞釀已非一日，其首舉義旗之急先鋒，則為吾友胡適。余甘冒全國學究之敵，高張「文學革命軍」大旗，以為吾友之聲援。旗上大書特書吾革命軍三大主義：曰「推倒雕琢的、阿諛的貴族文學，建設平易的、抒情的國民文學」；曰「推倒陳腐的、鋪張的古典文學，建設新鮮的、立誠的寫實文學」；曰「推倒迂晦的、艱澀的山林文學，建設明瞭的、通俗的社會文學」。

《國風》多里巷猥辭，《楚辭》盛用土語方物，非不斐然可觀。承其流者，兩漢賦家，頌聲大作，雕琢阿諛，詞多而意寡，此「貴族之文、古典之文」之始作俑也。魏、晉以下之五言，抒情寫事，一變前代板滯堆砌之風，在當時可謂為文學一大革命，即文學一大進化；然希托高古，言簡意晦，社會現象，非所取材，是猶貴族之風，未足以語通俗的國民文學也。齊、梁以來，風尚對偶，演至有唐，遂成律體。無韻之文，亦尚對偶。《尚書》、《周易》以來，即是如此。（古人行文，不但風尚對偶，且多韻語，故駢文家頗主張駢體為中國文章正宗之說。——亡友王無生即主張此說之一人——不知古書傳抄不易，韻與對偶，以利傳誦而已。後之作者，烏可泥此？）

東晉而後，即細事陳啟，亦尚駢麗。演至有唐，遂成駢體。詩之有律，文之有駢，皆發源於南北朝，大成於唐代。更進而為排律，為四六。此等雕琢的、阿諛的、鋪張的、空泛的貴族古典文學，極其長技，不過如塗脂抹粉之泥塑美人，以視八股試帖之價值，未必能高幾何，可謂為文學之末運矣！韓、柳崛起，一洗前人纖巧堆朵之習，風會所趨，乃南北朝貴族古典文學，變而為宋、元國民通俗文學之過渡時代。韓、柳、元、白，應運而出，為之中樞。俗論謂昌黎文章起八代之衰，雖非確論，然變八代之法，開宋、元之先，自是文界豪傑之士。吾人今日所不滿於昌黎者二事：

一曰：文猶師古。雖非典文，然不脫貴族氣派，尋其內容，遠不若唐代諸小說家之豐富，其結果乃造成一新貴族文學。

二曰：誤於「文以載道」之謬見。文學本非為載道而設，而自昌黎以訖曾國藩所謂載道之文，不過抄襲孔、孟以來極膚淺、極空泛之門面語而已。余嘗謂唐、宋八家文之所謂「文以載道」，直與八股家之所謂「代聖賢立言」，同一鼻孔出氣。

以此二事推之，昌黎之變古，乃時代使然，於文學史上，其自身並無十分特色可觀也。

元、明劇本，明、清小說，乃近代文學之粲然可觀者。惜為妖魔所厄，未及出胎，竟而流產，以至今日中國之文學，委瑣陳腐，遠不能與歐洲比肩。此妖魔為何？即明之前後七子及八家文派之歸、方、劉、姚是也。此十八妖魔輩，尊古蔑今，咬文嚼字，稱霸文壇，反使蓋代文豪若馬東籬，若施耐庵，若曹雪芹諸人之姓名，幾不為國人所識。若夫七子之詩，刻意模古，直謂之抄襲可也。歸、方、劉、姚之文，或希榮慕譽，或無病而呻，滿紙之乎者也矣焉哉。每有長篇大作，搖頭擺尾，說來說去，不知道說些甚麼。此等文學，作者既非創造才，胸中又無物，其伎倆惟在仿古欺人，直無一字有存在之價值，雖著作等身，與其時之社會文明進化無絲毫關係。

今日吾國文學，悉承前代之弊：所謂「桐城派」者，八家與八股之混合體也；所謂「駢體文」者，思綺堂與隨園之四六也；所謂「江西派」者，山谷之偶像也。求夫目無古人，赤裸裸地抒情寫世，所謂代表時代之文豪者，不獨全國無其人，而且舉世無此想。文學之文，既不足觀，應用之文，益復怪誕：碑銘墓誌，極量稱揚，讀者決不見信，作者必照例為之；尋常啟事，首尾恆有種種諛詞；居喪者即華居美食，而哀啟必欺人曰「苫塊昏迷」；贈醫生以匾額，不曰「術邁歧、黃」，即曰「著手成春」；窮鄉僻壤極小之豆腐店，其春聯恆作「生意興隆通四海，財源茂盛達三江」。此等國民應用之文學之醜陋，皆阿諛的、虛僞的、鋪張的貴族古典文學階之厲耳。

際茲文學革新之時代，凡屬貴族文學，古典文學，山林文學，均在排斥之列。以何理由而排斥此三種文學耶？曰：貴族文學，藻飾依他，失獨立自尊之氣象也；古典文學，鋪張堆砌，失抒情寫實之旨也；山林文學，深晦艱澀，自以為名山著述，於其群之大多數無所裨益也。其形體則陳陳相因，有肉無骨，有形無神，乃裝飾品而非實用品；其內容則目光不越帝王權貴、神仙鬼怪，及其個人之窮通利達。所謂宇宙，所謂人生，所謂社會，舉非其構思所及，此三種文學公同之缺點也。此種文學，蓋與吾阿諛、誇張、虛僞、迂闊之國民性，互爲因果。今欲革新政治，勢不得不革新盤踞於運用此政治者精神界之文學。使吾人不張目以觀世界社會文學之趨勢，及時代之精神，日夜埋頭故紙堆中，所目注心營者，不越帝王權貴、鬼怪神仙與夫個人之窮通利達，以此而求革新文學，革新政治，是縛手足而敵孟賁也。

歐洲文化，受賜於政治科學者固多，受賜於文學者亦不少。予愛盧梭、巴士特之法蘭西，予尤愛虞哥、左喇之法蘭西；予愛康德、赫克爾之德意志，予尤愛桂特郝、卜特曼之德意志；予愛培根、達爾文之英吉利，予尤愛狄鏗士、王爾德之英吉利。吾國文學豪傑之士，有自負爲中國之虞哥、左喇、桂特郝、卜特曼、狄鏗士、王爾德乎？有不顧迂儒之毀譽，明目張膽以與十八妖魔宣戰者乎？予願拖四十二生之大砲，為之前驅！

一九一七年二月一日

※陳獨秀（一八七九年十月九日～一九四二年五月二十七日），五四運動時任北大文學院院長，為五四運動的主要發起人，創辦《新青年》雜誌。

※虞歌今譯作雨果，桂特郝今譯作歌德，狄鏗斯今譯作狄更斯，左喇今譯作左拉。

人的文學

周作人

我們現在應該提倡的新文學，簡單的說一句，是「人的文學」。應該排斥的，便是反對的非人的文學。

新舊這名稱，本來很不妥當，其實「太陽底下何嘗有新的東西？」思想道理，只有是非，並無新舊。要說是新，也單是新發見的新，不是新發明的新。「新大陸」是在十五世紀中，被哥倫布發現，但這地面是古來早已存在。電是在十八世紀中，被弗蘭克林發現，但這物事也是古來早已存在。無非以前的人，不能知道，遇見哥倫布與弗蘭克林才把他看出罷了。眞理的發現，也是如此。眞理永遠存在，並無時間的限制，只因我們自己愚昧，聞道太遲，離發現的時候尚近，所以稱他新。其實他原是極古的東西，正如新大陸同電一般，早在這宇宙之內，倘若將他當作新鮮果子、時式衣裳一樣看待，那便大錯了。譬如現在說「人的文學」，這一句話，豈不也像時髦。卻不知世上生了人，便同時生了人道。無奈世人無知，偏不肯體人類的意志，走這正路，卻迷入獸道鬼道裏去，徬徨了多年，才得出來。正如人在白晝時候，閉著眼亂闖，末後睜開眼睛，才曉得世上有這樣好陽光；其實太陽照臨，早已如此，已有了許多年代了。

歐洲關於這「人」的眞理的發現，第一次是在十五世紀，於是出了宗教改革與文藝復興兩個結果。第二次成了法國大革命，第三次大約便是歐戰以後將來的未知事件了。女人與小兒的發現，卻遲至十九世紀，才有萌芽。古來女人的位置，不過是男子的器具與奴隸。中古時代，教會裏還曾討論女子有無靈魂，算不算得一個人呢。小兒也只是父母的所有品，又不認他是一個未長成的人，卻當他作具體而微的成人，因此又不知演了多少家庭的與教育的悲劇。自從茀羅培爾（Froebel）與戈特文（Godwin）夫人以後，才有光明出現。到了現在，造成兒童學與女子問題這兩大研究，可望長出極好的結果來。中國講到這類問題，卻須從頭做起，人的問題，從來未經解決，女人小兒更不必說了。如今第一步先從人說起生了四千餘年，現在卻還講人的意義，從新要發現「人」，去「闢人荒」，也是可笑的事。但老了再學，總比不學該勝一籌罷。我們希望從文學上起首，提倡一點人道主義思想，便是這個意思。

我們要說人的文學，須得先將這個人字，略加說明。我們所說的人，不是世間所謂「天地之性最貴」，或「圓顱方趾」的人。乃是說，「從動物進化的人類」。其中有兩個要點，㈠「從動物」進化的，㈡從動物「進化」的。

我們承認人是一種生物。他的生活現象，與別的動物並無不同，所以我們相信人的一切生活本能，都是美的善的，應得完全滿足。凡有違反人性不自然的習慣制度，都應該排斥改正。

但我們又承認人是一種從動物進化的生物。他的內面生活，比別的動物更爲複雜高深，而且逐漸向上，有能夠改造生活的力量。所以我們相信人類以動物的生活爲生存的基礎，而其內面生活，卻漸與動物相遠，終能達到高上和平的境地。凡獸性的餘留，與古代禮法可以阻礙人性向上的發展者，也都應該排斥改正。

這兩個要點，換一句話說，便是人的靈肉二重的生活。古人的思想，以爲人性有靈肉二元，同時並存，永相衝突。肉的一面，是獸性的遺傳；靈的一面，是神性的發端。人生的目的，便偏重在發展這神性；其手段，便在滅了體質以救靈魂。所以古來宗教，大都厲行禁欲主義，有種種苦行，抵制人類的本能。一方面卻別有不顧靈魂的快樂派，只願「死便埋我」。其實兩者都是趨於極端，不能說是人的正當生活。到了近世，才有人看出這靈肉本是一物的兩面，並非對抗的二元。獸性與神性，合起來便只是人性。英國十八世紀詩人勃萊克（Blake）在〈天國與地獄的結婚〉一篇中，說得最好：

㈠人並無與靈魂分離的身體。因這所謂身體者，原只是五官所能見的一部分的靈魂。

㈡力是唯一的生命，是從身體發生的。理就是力的外面的界。

㈢力是永久的悅樂。

他這話雖然略含神秘的氣味，但很能說出靈肉一致的要義。我們所信的人類正當生活，便是這靈肉一致的生活。所謂從動物進化的人，也便是指這靈肉一致的人，無非用別一說法罷了。

這樣「人」的理想生活，應該怎樣呢？首先便是改良人類的關係。彼此都是人類，卻又各是人類的一個。所以須營一種利己而又利他，利他即是利己的生活。第一，關於物質的生活，應該各盡人力所及，取人事所需。換一句話，便是各人以心力的勞作，換得適當的衣食住與醫藥，能保持健康的生存。第二，關於道德的生活，應該以愛智信勇四事為基本道德，革除一切人道以下或人力以上的因襲的禮法，使人人能享自由真實的幸福生活。這種「人的」理想生活，實行起來，實於世上的人無一不利。富貴的人雖然覺得不免失去了他的所謂尊嚴，但他們因此得從非人的生活裏救出，成為完全的人，豈不是絕大的幸福麼？這真可說是二十世紀的新福音了。只可惜知道的人還少，不能立地實行。所以我們的在文學上略略提倡，也稍盡我們家人類的意思。

但現在還須說明，我所說的人道主義，並非世間所謂「悲天憫人」或「博施濟眾」的慈善主義，乃是一種個人主義的人間本位主義。這理由是，第一，人在人類中，正如森林中的一株樹木。森林盛了，各樹也都茂盛。但要森林盛，去仍非靠各樹各自茂盛不可。第二，個人愛人類，就只為人類中有了我，與我相關的緣故。墨子說，「愛人不外己，己在所愛之中」，便是最透徹的話。上文所謂利己而又利他，利他即是利己，正是這個意思，所以我說的人道主義，是從個人做起。要講人道，愛人類，便須先使自己有人的資格，占得人的位置。耶穌說，「愛鄰如己」。如不先知自愛，怎能「如己」的愛別人呢？至於無我的愛，純粹的利他，我以為是不可能的。人為了所愛的人，或所信的主義，能夠有獻身的行為。若是割肉飼鷹，投身給餓虎吃，那是超人間的道德，不是人所能為的了。

用這人道主義爲本，對於人生諸問題，加以記錄研究的文字，便謂之人的文學。其中又可以分作兩項，㈠是正面的，寫這理想生活，或人間上達的可能性；㈡是側面的，寫人的平常生活，或非人的生活，都很可以供研究之用。這類著作，分量最多，也最重要。因爲我們可以因此明白人生實在的情狀，與理想生活比較出差異與改善的方法。這一類中寫非人的生活的文學，世間每每誤會，與非人的文學相溷，其實卻大有分別。譬如法國莫泊三（Maupassant）的小說《一生》（Une Vie），是寫人間獸欲的人的文學；中國的《肉蒲團》卻是非人的文學。俄國庫普林（Kuprin）的小說《坑》（Jama），是寫娼妓生活的人的文學；中國的《九尾龜》卻是非人的文學。這區別就只在著作的態度不同。一個嚴肅，一個遊戲。一個希望人的生活，所以對於非人的生活，懷著悲哀或憤怒；一個安於非人的生活，所以對於非人的生活，感著滿足，又多帶些玩弄與挑撥的形跡。簡明說一句，人的文學與非人的文學的區別，便在著作的態度，是以人的生活爲是呢，非人的生活爲是呢這一點上。材料方法，別無關係。即如提倡女人殉葬——即殉節——的文章，表面上豈不說是「維持風教」；但強迫人自殺，正是非人的道德，所以也是非人的文學。中國文學中，人的文學本地極少。從儒教道教出來的文章，幾乎都不合格。現在我們單從純文學上舉例如：

㈠色情狂的淫書類

㈡迷信的鬼神書類（《封神榜》《西遊記》等）

㈢神仙書類（《綠野仙蹤》等）

㈣妖怪書類（《聊齋志異》《子不語》等）
㈤奴隸書類（甲種主題是皇帝狀元宰相，乙種主題是神聖的父與夫）
㈥強盜書類（《水滸》《七俠五義》《施公案》等）
㈦才子佳人書類（《三笑姻緣》等）
㈧下等諧謔書類（《笑林廣記》等）
㈨黑幕類

以上各種思想和合結晶的舊戲這幾類全是妨礙人性的生長，破壞人類的平和的東西，統應該排斥。這宗著作，在民族心理研究上，原都極有價值。在文藝批評上，也有幾種可以容許。但在主義上，一切都該排斥。倘若懂得道理，識力已定的人，自然不妨去看。如能研究批評，便於世間更為有益，我們也極歡迎。

人的文學，當以人的道德為本，這道德問題方面很廣，一時不能細說。現在只就文學關係上，略舉幾項。譬如兩性的愛，我們對於這事，有兩個主張:

㈠是男女兩本位的平等。
㈡是戀愛的結婚。

世間著作，有發揮這意思的，便是絕好的人的文學。如諾威伊孛然（Ibsen）的戲劇《娜拉》（Et Dukkehjem）、《海女》（Fruen fra Havet），俄國托爾斯泰（Tolstoj）的小說Anna Karenina，英國哈代（Hardy）的小說《黛絲》（Tess）等就是。戀愛起源，據芬蘭學者威思德馬克（Westermarch）說，由於「人的對於我快樂者的愛好」。卻又如奧國盧闓（Lucke）說，因多年甚的進化，漸變了高上的感情。所以眞實的愛與兩性的生活，也須有靈肉二重的一致。但因爲現世社會境勢所迫，以致偏於一面的，不免極多。這便須根據人道主義的思想，加以記錄研究。卻又不可將這樣生活，當作幸福或神聖，讚美提倡。中國的色情狂的淫書，不必說了。舊基督教的禁欲主義的思想，我也不能承認他爲是。又如俄國陀思妥也夫斯奇（Dostojevskij）是偉大的人道主義作家。但他在一部小說中，說一男人愛一女子，後來女子愛了別人，他卻竭力斡旋，使他們能夠配合。陀思妥也夫斯奇自己，雖然言行竟是一致，但我們總不能承認這種種行爲，是在人情以內，人力以外，所以不願提倡。又如印度詩人泰戈爾（Tagore）作的小說，時時頌揚東方思想。有一篇記一寡婦的生活，描寫對的「心的撒提（Suttee）」（撒提是印度古話，指寡婦與她丈夫的屍體一同焚化的習俗），又一篇說一男人棄了他的妻子，在英國別娶，他的妻子，還典賣了金珠寶玉，永遠的接濟他。一個人如有身心的自由，以自由選擇，與人結了愛，遇著生死的別離，發生自己犧牲的行爲，這原是可以稱道的事。但須全然出於自由意志，與被專制的因襲禮法逼成的動作，不能並爲一談。印度人身的撒提，世間都知道是一種非人道的習俗，近來已被英國禁止。至於人心的撒提，便只是一種變相。一是死刑，一是終身監禁。照中國說，一是殉節，一是守節，原來撒提這字，據說在梵文，便正是節婦的意思。印度女子被「撒提」了幾千年，便養成了這一種畸形的貞順之德。講東方化的，以爲是國粹，其實只是不自然的制度習慣的惡果。譬如中國人磕頭慣了，見了人便無端的要請安拱手作揖，大有非跪不可之意，這能說是他的謙和美德麼？我們見了這種畸形的所謂道德，正如見了塞在罈子裏養大的、身子像蘿蔔形狀的人，只感著恐怖嫌惡悲哀憤怒種種感情，快不該將他提倡，拿他賞讚。

其次如親子的愛。古人說，父母子女的愛情，是「本於天性」，這話說得最好。因他本來是天性的愛，所以用不著那些人爲的束縛，妨害他的生長。假如有人說，父母生子，全由私欲，世間或要說他不道。今將他改作由於天性，便極適當。照生物現象看來，父母生子，正是自然的意志。有了性的生活，自然有生命的延續，與哺乳的努力，這是動物無不如此。到了人類，對於戀愛的融合，自我的延長，更有意識，所以親子的關係，尤爲濃厚。近時識者所說兒童的權利，與父母的義務，便即據這天然的道理推演而出，並非時新的東西。至於世間無知的父母，將子女當作所有品，牛馬一般養育，以爲養大以後，可以隨便喚他騎他，那便是退化的謬誤思想。英國教育家戈思德（Gorst）稱他們爲「猿類之不肖子」，正不爲過。日本津田左右吉著《文學上國民思想的研究》卷一說，「不以親子的愛情爲本的孝行觀念，又與祖先爲子孫而生存的生物學的普遍事實，人爲將來而努力的人間社會的實際狀態，俱相違反，卻認作子孫爲祖先而生存，如此道德中，顯然含有不自然的分子」。祖先爲子孫而生存，所以父母理應愛重子女，子女也就應該愛敬父母。這是自然的事實，也便是天性。文學上說這親子的愛的，希臘詞美羅斯（Homeros）史詩《伊理亞斯》（Ilias）與歐里畢兌斯（Euripides）悲劇《德羅夜兌斯》（Troiades）中，說赫克多爾（Hektor）夫婦與兒子的死別的兩節，在古文學中，最爲美妙。近來諾威伊孛然的《群鬼》（Gengangere），德國士兌曼（Sudemann）的戲劇《故鄉》（Heimat），俄國都介涅夫（Turgenjev）的小說《父子》（Otsy idjeti）等，都很可以供我們的研究。至於郭巨埋兒、丁蘭刻木那一類殘忍迷信的行爲，當然不應再行讚揚提倡。割股一事，尙是魔術與食人風俗的遺留，自然算不得道德，不必再叫他混入文學裏，更不消說了。

照上文所說，我們應該提倡與排斥的文學，大致可以明白了。但關於古今中外這一件事上，還須追加一句說明，才可免了誤會。我們對於主義相反的文學，並非如胡致堂或乾隆作史論，單依自己的成見，將古今人物排頭罵例。我們立論，應抱定「時代」這一個觀念，又將批評與主張，分作兩事。批評古人的著作，便認定他們的時代，給他一個正直的評價，相應的位置。至於宣傳我們的主張，也認定我們的時代，不能與相反的意見通融讓步，唯有排斥的一條方法。譬如原始時代，本來只有原始思想，行魔術食人的人，那便只得將他捉住，送進精神病院去了。其次，對於中外這個問題，我們也只須抱定時代這一個觀念，不必再劃出什麼別的界限。地理上歷史上，原有種種不同，但世界交通便了，空氣流通也快了，人類可望逐漸接近，同一時代的人，便可相並存在。單位是個我，總數是個人。不必自以爲與眾不同，道德第一，劃出許多畛域。因爲人總與人類相關，彼此一樣，所以張三李四受苦，與彼得約翰受苦，要說與我無關，便一樣無關，說與我相關，也一樣相關。仔細說，便只爲我與張三李四或彼得約翰雖姓名不同，籍貫不同，但同是人類之一，同具感覺性情。他以爲苦的，在我也必以爲苦。這苦會降在他身上，也未必不能降在我的身上。因爲人類的運命是同一的，所以我要顧慮我的運命，便同時須顧慮人類共同的運命。所以我們只能說時代，不能分中外。我們偶有創作，自然偏於見聞較確的中國一方面，其餘大多數都還須紹介譯述外國的著作，擴大讀者的精神，眼裏看見了世界的人類，養成人的道德，實現人的生活。

一九一八年十二月七日

※周作人（一八八五年一月十六日～一九六七年五月六日），浙江紹興人。原名櫆壽（後改為奎綬）。魯迅（周樹人）之弟，周建人之兄。散文家、翻譯家。

新文學運動的意義

張我軍

上

現在的臺灣沒有文學，歷來也許都沒有文學吧！有之，也不過是些假文學、死文學，而沒有眞文學、活文學。胡適先生說，現在中國的舊派文學不値得一駁，我想現在——以至歷來——臺灣的舊文學簡直不値得一笑。自從去冬我引了文學革命軍到臺灣以來，在起初三四個月間，雖也引起了很大的反動，但那不過是幾個舊文學的殘壘的小卒出來罵陣的罷了，由此可以知道臺灣的舊派文學不値一駁或一笑。於是我們第二步是建設了。胡先生又說：「他們所以還能存在國中，正因爲現在還沒有一種眞有價値、眞有生氣，眞可算作文學的新文學起來代替他們的位置。有了這種「眞文學」和「活文學」，那些「假文學」和「死文學」自然會消滅了。所以我們希望提倡文學革命的人，對於那些腐敗文學，個個都該存一個「彼可取而代也」的心理，個個都該從建設一方面用力，要在三五十年內替中國創造出一派新中國的活文學。」他又把他從來所主張的消極的破壞的「八不主義」改作了肯定的口氣，爲一半消極、一半積極的主張。

一、要有話說，方才說話。這是「不作言之無物的文學」一條的變相。
二、有什麼話，說什麼話，話怎麼說，就怎麼說。這是二、三、四、五、六，諸條的變相。（參看本報三卷一號——〈請合力拆下這座敗草欌中的破舊殿堂〉一文）
三、要說我自己的話，別說別人的話。這是「不模仿古人」一條的變相。
四、是什麼時代的人，說什麼時代的話。這是「不避俗話俗字」的變相。

現在中國的文藝的花園裏，已開著無數燦爛的優美的花了。如新詩與短篇小說的發達之速，眞是令人捲舌的！然而我臺灣卻如何？還是滿園荊棘，找不出一朵鮮花呀！我們若要望那班舊文人替我們造些眞文學、活文學，實在有甚於「責明於垢鑑」了。我們只望那些志願於文學的有天才的青年，不可再陷入舊文學的陷阱，而能用新方法來與我們共造新文學的殿堂，這是我人唯一的願望了。

中

我們現在談新文學的運動，至少有二個要點：

1. 白話文學的建設
2. 臺灣語言的改造

我這二條是從胡適的「建設新文學」的「國語的文學，文學的國語」出來的。他說：「我們所提倡的文學革命，只是要替中國創造一種國語的文學。有了國語的文學，方才可有文學的國語。有了文學的國語，我們的國語才可算得眞正國語……」我們主張以後全用白話文做文學的器具，我所說的白話文就是中國的國語文。我們何以要用白話文做文學的器具呢？胡適先生這樣說——

我曾仔細研究：中國這二千年何以沒有真有價值、真有生命的「文言的文學」？我自己回答說：「這都是因為這二千年的文人所做的文學都是死的，都是用已經死了的語言文字做的。死文字決不能產生活文學。所以中國這二千年只有些死文學，只有些沒有價值的死文學。」

我們為什麼愛讀〈木蘭辭〉和〈孔雀東南飛〉呢？因為這二首詩是用白話作的。為什麼愛讀陶淵明的詩和李後主作的詞呢？因為他們的詩詞是用白話作的。為什麼愛杜甫的〈石壕吏〉、〈兵車行〉諸詩呢？因為他們都是用白話作的。為什麼不愛韓愈的〈南山〉呢？因為他用的是死字死話。……簡單說來，自從三百篇到於今，中國的文學凡是有一些價值、有一些兒生命的，都是白話的，或是近於白話的。其餘的都是沒有生氣的古董，都是博物院中的陳列品！

再看近世的文學：何以《水滸傳》、《西遊記》、《儒林外史》、《紅樓夢》，可以稱為「活文學」呢？因為他們都是用一種活文字作的。若是施耐庵、邱長春、吳敬梓、曹雪芹，都用了文言作書，他們的小說一定不會有這樣的生命，一定不會有這樣的價值。

讀者不要誤會，我並不是說凡用白話做的書都是有價值有生命的。我說的是：用死了的文言決不能做出有生命有價值的文學來。這一千多年的文學，凡是有真正文學價值的，沒有一種不帶有白話的性質，沒有一種不靠這「白話性質」的幫助。換言之：白話能產出有價值的文學，也能產出沒有價值的文學。可以產出《儒林外史》，也可以產出《肉蒲團》。但是那已死的文言，只能產出沒有價值沒有生命的文學，決不能產出有價值有生命的文學，只能作幾篇「擬韓退之原道」或「擬陸士衡擬古」決不能作出一部《儒林外史》。若有人不信這話，可先讀明朝古文大家宋濂的〈王冕傳〉，再讀《儒林外史》第一回的〈王冕傳〉，便可知道死文學和活文學的分別了。

為什麼死文字不能產生活文學呢？這都是由於文學的性質。一切語言文字的作用在於達意表情，達意達得妙，表情表得好，便是文學。那些用死文言的人，有了意思，卻須把這意思翻成幾千年前的典故，有了感情，卻須把這感情譯為幾千年前的文言。明明是客子思家，他們須說「王粲登樓」、「仲宣作賦」；明明是送別，他們卻須說「陽關三疊」、「一曲渭城」；明明是賀陳寶琛七十歲生日，他們卻須說是賀伊尹、周公、傅說。更可笑的：明明是鄉下老太婆說話，他們卻要叫她打起唐宋八大家的古文腔兒，明明是極下流的妓女說話，他們卻要他打起胡天游、洪亮吉的駢文調子！……請問這樣作文章如何能達意表情呢？既不能達意，既不能表情，那裏還有文學呢？即如那儒林外史裏的王冕，是一個有感情、有血氣、能生動、能談笑的活人，這都是因為作書的人能用活言語、活文字來描寫他的生活神情。那宋濂集子裏的王冕，便成了一個沒有生氣，不能動人的死人。為什麼呢？因為宋濂用了二千年前的死文字來寫二千年後的活人，所以不能不把這個活人變作二千年前的木偶，才可合那古文家法。古文家法是合了，那王冕也真「作古」了！

因此我說，「死文言決不能產出活文學。」中國若想要有活文學，必須用白話，必須用國語，必須做國語的文學。

我們借了胡先生的一大篇話，「我們爲什麼要建設白話文學」的意思已很瞭然了。我們要更進而談一談「臺灣語言的改造」。

下

我們主張用白話作文學的器具，又在上面說我們之所謂白話是指中國的國語。然而有些人說：「我們不會說中國話，如何能夠以中國語寫作詩文呢？若說古文不好，何不用白話文言混合體呢？」這話好像有一面之理，但要再想一想，究竟不會說中國語的人就不會以中國語寫作詩文嗎？不對！不對！這層不用杞憂！中國現在不會說中國語的正多著哩！然而他們爲什麼大都會寫呢？那是因爲各地的方言的組織和國語相差不遠，所用的文字又同一樣，不過字音有一點不同罷了，所以念過書的人，都會看會寫。再進一步，若說不會說中國語的人就不能以中國語寫作詩文，然則能以古文寫作詩文的都是會說古話的嗎？至於說要用白話文言混合體來代替白話文，那更說不過去了。

還有一部分自許爲澈底的人們說：「古文實在不行，我們須用白話，須用我們日常所用的臺灣話才好。」這話驟看有道理了，但我要反問一句說：「臺灣話有沒有文字來表現？臺灣話有文學的價值沒有？臺灣話合理不合理？」實在，我們日常所用的話，十分差不多占九分沒相當的文字。那是因爲我們的話是土話，是沒有文字的下級話，是大多數占了不合理的話啦。所以沒有文學的價值，已是無可疑的了。所以我們的新文學運動有帶著改造臺灣言語的使命。我們欲把我們的土語改成合乎文字的合理的語言。我們欲依傍中國的國語來改造臺灣的土語。換句話說，我們欲把臺灣人的話統一於中國語，再換句話說，是把我們現在所用的話改成與中國語合致的。不過我們有種種不得已的事情，說話時不得不使用臺灣之所謂「孔子曰」罷了。倘能如此，我們的文化就得以不與中國文化分斷，白話文學的基礎又能確立，臺灣的語言又能改造成合理的，豈不是一舉三四得的嗎？

我們因時間和篇幅的關係，關於臺灣語言的改造只能說出根本主張而已，若詳細的討論須待後日有機會再說。不過有一句不得不說：如果欲照我們的目標改造臺灣的語言，須多讀中國的以白話文寫作的詩文。

一九二五年七月二十八日

※**張我軍**（一九〇二年十月七日—一九五五年十一月三日），臺灣日治時期作家，反對運用方言於白話文寫作。作家龍瑛宗讚譽張我軍為「高舉五四火把回臺的先覺者」。

我怎麼做起小說來

魯迅

我怎麼做起小說來？——這來由，已經在《吶喊》的序文上，約略說過了。這裏還應該補敘一點的，是當我留心文學的時候，情形和現在很不同：在中國，小說不算文學，做小說的也決不能稱爲文學家，所以並沒有人想在這一條道路上出世。我也並沒有要將小說抬進「文苑」裏的意思，不過想利用他的力量，來改良社會。

但也不是自己想創作，注重的倒是在紹介，在翻譯，而尤其注重於短篇，特別是被壓迫的民族中的作者的作品。因爲那時正盛行著排滿論，有些青年，都引那叫喊和反抗的作者爲同調的。所以「小說作法」之類，我一部都沒有看過，看短篇小說卻不少，小半是自己也愛看，大半則因了搜尋紹介的材料。也看文學史和批評，這是因爲想知道作者的爲人和思想，以便決定應否紹介給中國。和學問之類，是決不相干的。

因爲所求的作品是叫喊和反抗，勢必至於傾向了東歐，因此所看的俄國、波蘭以及巴爾幹諸小國作家的東西就特別多。也曾熱心的搜求印度，埃及的作品，但是得不到。記得當時最愛看的作者，是俄國的果戈理（N. Gogol）和波蘭的顯克微支（H. Sienckiewitz）。日本的，是夏目漱石和森鷗外。

回國以後，就辦學校，再沒有看小說的工夫了，這樣的有五六年。爲什麼又開手了呢？——這也已經寫在《吶喊》的序文裏，不必說了。但我的來做小說，也並非自以爲有做小說的才能，只因爲那時是住在北京的會館裏的，要做論文罷，沒有參考書，要翻譯罷，沒有底本，就只好做一點小說模樣的東西塞責，這就是《狂人日記》。大約所仰仗的全在先前看過的百來篇外國作品和一點醫學上的知識，此外的準備，一點也沒有。

但是《新青年》的編輯者，卻一回一回的來催，催幾回，我就做一篇，這裏我必得紀念陳獨秀先生，他是催促我做小說最著力的一個。

自然，做起小說來，總不免自己有些主見的。例如：說到「爲什麼」做小說罷，我仍抱著十多年前的「啓蒙主義」，以爲必須是「爲人生」，而且要改良這人生。我深惡先前的稱小說爲「閒書」，而且將「爲藝術的藝術」，看作不過是「消閒」的新式的別號。所以我的取材，多採自病態社會的不幸的人們中，意思是在揭出病苦，引起療救的注意。所以我力避行文的嘮叨，只要覺得夠將意思傳給別人了，就寧可什麼陪襯拖帶也沒有。中國舊戲上，沒有背景，新年賣給孩子看的花紙上，只有主要的幾個人（但現在的花紙卻多有背景了），我深信對於我的目的，這方法是適宜的，所以我不去描寫風月，對話也決不說到一大篇。

我做完之後，總要看兩遍，自己覺得拗口的，就增刪幾個字，一定要它讀得順口；沒有相宜的白話，寧可引古語，希望總有人會懂，只有自己懂得或流自己也不懂的生造出來的字句，是不大用的。這一節，許多批評家之中，只有一個人看出來了，但他稱我爲Stylist。

所寫的事跡，大抵有一點見過或聽到過的緣由，但決不全用這事實，只是採取一端，加以改造，或生發開去，到足以幾乎完全發表我的意思爲止。人物的模特兒也一樣，沒有專用過一個人，往往嘴在浙江，臉在北京，衣服在山西，是一個拼湊起來的腳色。有人說，我的那一篇是罵誰，某一篇又是罵誰，那是完全胡說的。

不過這樣的寫法，有一種困難，就是令人難以放下筆。一氣寫下去，這人物就逐漸活動起來，盡了他的任務。但倘有什麼分心的事情來一打岔，放下許久之後再來寫，性格也許就變了樣，情景也會和先前所預想的不同起來。例如：我做的《不周山》，原意是在描寫性的發動和創造，以至衰亡的，而中途去看報章，見了一位道學的批評家攻擊情詩的文章，心裏很不以爲然，於是小說裏就有一個小人物跑到女媧的兩腿之間來，不但不必有，且將結構的宏大毀壞了。但這些處所，除了自己，大概沒有人會覺到的，我們的批評大家成仿吾先生，還說這一篇做得最出色。

我想，如果專用一個人做骨幹，就可以沒有這弊病的，但自己沒有試驗過。

忘記是誰說的了，總之是，要極省儉的畫出一個人的特點，最好是畫他的眼睛。我以爲這話是極對的，倘若畫了全副的頭髮，即使細得逼眞，也毫無意思。我常在學學這一種方法，可惜學不好。

可省的處所，我決不硬添，做不出的時候，我也決不硬做，但這是因爲我那時別有收入，不靠賣文爲活的緣故，不能作爲通例的。

還有一層，是我每當寫作，一律抹殺各種的批評。因爲那時中國的創作界固然幼稚，批評界更幼稚，不是舉之上天，就是按之入地，倘將這些放在眼裏，就要自命不凡，或覺得非自殺不足以謝天下的。批評必須壞處說壞，好處說好，才於作者有益。

但我常看外國的批評文章，因爲他於我沒有恩怨嫉恨，雖然所評的是別人的作品，卻很有可以借鏡之處。但自然，我也同時一定留心這批評家的派別。

以上，是十年前的事了，此後並無所作，也沒有長進，編輯先生要我做一點這類的文章，怎麼能呢。拉雜寫來，不過如此而已。

一九三三年三月

三月五日燈下。

※魯迅（一八八一—一九三六），中國現代著名的文學家、翻譯家、新文化運動的重要領導人。小說代表作有一九一八年第一篇白話小說〈狂人日記〉、《阿Q正傳》、《吶喊》等。

新文學運動簡表

西元年	中華民國大陸時期	臺灣日治時期
一九一五	九月十五日陳獨秀在上海創辦《青年雜誌》（自第2卷改名《新青年》），宣傳民主與科學，提倡白話文反對文言文。載陳獨秀的〈敬告青年〉一文，開啟新文化運動。	大正四年八月，西來庵事件又稱「噍吧哖事件」。
一九一七	*一月一日，胡適發表〈文學改良芻議〉在《新青年》第2卷第5號，主張對傳統文學進行改良。 *二月，陳獨秀發表〈文學革命論〉刊於《新青年》第2卷第6號。	
一九一八	*一月，傅斯年〈文學革新申議〉刊於《新青年》第4卷第1號。 *四月，胡適〈建設的文學革命論〉刊於《新青年》第4卷第4號。	

	*五月十五日，魯迅發表第一篇白話小說〈狂人日記〉刊於《新青年》第4卷第5號（該期開始完全使用白話文）。 *九月，胡適撰〈文學進化觀念〉。 *十月，傅斯年、羅家倫等創辦白話月刊《新潮》。 *十二月，周作人〈人的文學〉刊於《新青年》第5卷第6號。 *冬，陳獨秀等創辦白話刊物《每週評論》。	
一九一九	*一月一日，傅斯年主編《新潮》創刊，是繼《新青年》之後公開主張文學革命的第二個刊物。 *二月，胡適《中國哲學史大綱》出版，是以白話和新式標點寫作的第一部「新書」。 *二月十五日，周作人〈小河〉一詩在《新青年》第6卷第2號上發表。胡適在〈談新詩〉中稱該詩：「新詩中的第一首傑作」。	大正八年一月四日：頒布臺灣教育令，確立日本在臺的教育制度。

＊三月，胡適〈終身大事〉發表於《新青年》雜誌第6卷第3號，是第一本白話劇本。

＊五月四日，五四運動，「外爭主權（對抗列強侵權），內除國賊（懲處媚日官員）」為口號，是以青年學生為主的學生運動；學生運用白話報刊發表意見，助長了白話文的傳播。

＊八月，胡適撰〈《嘗試集》自序〉。

＊林紓（琴南）發表〈論古文白話之消長〉、〈致蔡鶴卿太史書〉，攻擊新文化運動。

＊十一月廿九日，馬裕藻、朱希祖、錢玄同、劉復、周作人、胡適等人聯名提出〈請頒行新式標點符號議案〉。

＊教育部頒行新式標點符號。

＊數百種白話報刊如雨後春筍發行。

一九二〇	*一月四日，「文學研究」成立於北京，是文學革命後出現的第一個新文學社團。 *三月，胡適《嘗試集》由上海亞東圖書館初版。是第一部白話詩集。 *北京的教育部頒布部令從秋季起中小學國文教科書改用白話的語文教材。 *在陳獨秀、胡適等人的支持下，上海出版第一次使用標點符號標點、分段的《水滸傳》。	七月十六日，陳炘以文言文發表〈文學與職務〉在《臺灣青年》創刊號，是最早一篇注意到中國推動的白話文運動論述。
一九二一	*七月，胡適撰〈國語的進化〉。 *俞平伯與葉聖陶、鄭振鐸、朱自清等人創辦《詩》月刊，是五四以來第一份詩刊。	*九月，甘文芳的〈实社会の文学〉，用日文書寫，是《臺灣青年》鼓吹文學改革的重要文章。 *十月，蔣渭水、林獻堂等人於臺北成立文化啟蒙團體「臺灣文化協會」：「以助長臺灣文化為目的」。
一九二二	*國立東南大學（今南京大學）教授創辦《學衡》雜誌，反對文學改革。 *三月，胡適撰〈文學革命運動〉。	*一月，陳端明〈日用文鼓吹論〉發表在《臺灣青年》第4卷第1號。期許臺灣作家必須「奮勇提倡，改革文學」。為新舊文學展開論爭。 *四月，《臺灣青年》易名為《臺灣》。

	一九二三
*四月，《臺灣文化叢書》第1號，署名「鷗」的〈可怕的沉默〉，為第一篇臺灣新文學中文小說。	*一月，黃呈聰〈論普及白話文的新使命〉，以及黃朝琴〈漢文改革論〉兩篇長文，是實際瞭解五四運動後白話文普及情形的考察報告，均發表於《臺灣》第4年第1號。 *四月十五日，《臺灣民報》創刊於日本東京，全部是漢文（在此之前的《臺灣青年》雜誌、《臺灣》雜誌為漢、日文各半），號稱「臺灣人唯一的言論機構」。 *七月，許乃昌（秀湖）〈中國新文學運動的過去現在和將來〉發表於《臺灣民報》第1卷第4號上，是第一篇將新文學運動引介到臺灣的論文。 *蔡培火〈臺灣新文學運動與羅馬字〉發表於《臺灣民報》第1卷第12號。 *《臺灣民報》轉載胡適的劇本〈終身大事〉。

一九二四	十一月十七日，《語絲》週刊由魯迅、周作人、錢玄同、林語堂等人在北京創辦，致力於現代白話散文的創作。	*留學北京的張我軍在一九二四年和一九二五年間，連續在《臺灣民報》上刊登十篇抨擊舊文學的文章：〈致臺灣青年的一封信〉、〈糟糕的臺灣文學界〉、〈為臺灣的文學界一哭〉、〈請合力拆下這座敗草欉中的破舊殿堂〉、〈絕無僅有的擊鉢吟的意義〉、〈揭破悶葫蘆〉、〈復鄭軍我書〉、〈文學革命運動以來〉、〈詩體的解放〉、〈新文學運動的意義〉，提出「改造臺灣語言」和「建設白話文學」兩項主張。引發「新舊文學論爭」。 *《臺灣民報》轉載胡適的〈新式標點符號的種類和用法〉一文。
一九二五	*章士釗辦《甲寅》週刊，發表〈評新文學運動〉，認為白話文不能代替文言文。	*三月，楊雲萍與江夢筆創辦第一本白話文學雜誌《人人》。 *八月廿六日，賴和於《臺灣民報》上發表第一篇白話散文〈無題〉。十二月，在民報上發表第一首白話新詩〈覺悟下的犧牲〉。

		＊十二月廿八日，張我軍在臺北市自費出版第一本白話文詩集《亂都之戀》抒情詩集。 ＊五月，《臺灣民報》第3卷第18號轉載魯迅小說〈狂人日記〉。
一九二六		＊昭和元年一月，《臺灣民報》第86號刊載賴和的白話小說〈鬥鬧熱〉、楊雲萍白話小說〈光臨〉。 ＊九月至十月，張我軍小說〈買彩票〉連載於《臺灣民報》。
一九二七		＊八月，《臺灣民報》遷臺，直到一九三七年七月期間，新文學作品質量俱精。
一九二九		＊蔡培火創辦「台灣白話字研究會」（把臺灣話用羅馬拼音書寫）。
一九三〇		＊三月廿九日《臺灣民報》第306期起改名為《臺灣新民報》。新推出「曙光」專欄，刊載新詩。 ＊八月，黃石輝的〈怎樣不提倡鄉土文學〉發表於《伍人報》第9到11號，自此開始「臺灣話

		文論戰」（又稱「鄉土文學論戰」）。 *閩南語與日語是日治時期普遍通行的語言，一般臺灣人並不熟悉官話白話文，不易在臺灣推行，被作家郭秋生評為「新文言」。 *此時期不論文言文、白話文、臺灣話文或是教會羅馬字屢遭打壓，但仍有各種型態的臺灣語文改革運動；作家黃石輝和郭秋生主張使用臺灣話來作詩作文。
一九三二	五月，教育部出版《國音常用字彙》。	
一九三三	十二月，胡適撰〈逼上梁山——文學革命的開始〉。	
一九三四		*十一月，張深切等人發行《臺灣文藝》（至一九三六年停刊，共15期）。
一九三五	九月，胡適撰〈中國新文學運動小史〉，為《中國新文學大系》第一集導言。	*十二月，楊逵獨資創辦《臺灣新文學》雜誌（至一九三七年停刊，共15期）。

一九三七	七月七日，中日戰事爆發。
	＊昭和十二年，四月一日，各報廢止中文欄。 ＊六月一日，《臺灣新民報》（一九四一年易名為《興南新聞》）被迫廢止漢文版。臺灣話文論戰停止。 ＊總督府推行「國語（日語）常用運動」。

編輯部整理

大家講堂 026

胡適 建設的文學革命論

作　　者 — 胡適
發 行 人 — 楊榮川
總 經 理 — 楊士清
總 編 輯 — 楊秀麗
叢書企畫 — 蘇美嬌
封面設計 — 姚孝慈
出 版 者 — 五南圖書出版股份有限公司
地　　址 — 台北市大安區 106 和平東路二段 339 號 4 樓
電　　話 — 02-27055066（代表號）
傳　　眞 — 02-27066100
劃撥帳號 — 01068953
戶　　名 — 五南圖書出版股份有限公司
網　　址 — http://www.wunan.com.tw
電子郵件 — wunan@wunan.com.tw
法律顧問 — 林勝安律師事務所　林勝安律師
出版日期 — 2022 年 12 月初版一刷
定　　價 — 280 元

國家圖書館出版品預行編目資料

胡適 建設的文學革命論 / 胡適著 . -- 初版 -- 臺北市：五南圖書出版股份有限公司，2022.12
面；公分 . -- (大家講堂系列)

ISBN 978-986-522-847-7 (平裝)

1. 胡適　2. 學術思想 3. 白話文運動

820.908　　110008691